con il contributo
della Regione Campania

I Ristampa - 2023

© 2018 Il Terebinto Edizioni
Sede legale: Via degli Imbimbo 8/E
83100 Avellino
tel. 340/6862179
e-mail: terebinto.edizioni@gmail.com
www.ilterebintoedizioni.it

Angelo Michele Imbriani

NEL NIDO DELL'AQUILA

Un teologo nella congiura contro Hitler

TEREBINTO EDIZIONI

1.

Nel lontano 1940, in un giorno di novembre che immaginiamo cupo e piovoso, un singolare personaggio fu accolto dai monaci dell'antica, splendida abbazia benedettina di Ettal, nell'Alta Baviera, e fu da loro ospitato per parecchie settimane, fin quasi alla fine dell'inverno. L'abate lo fece alloggiare nella foresteria del convento ma gli consegnò persino le chiavi della clausura. L'ospite era un uomo ancora giovane, fra i trenta e i quarant'anni, e doveva aver avuto un fisico asciutto e atletico, anche se adesso, alle soglie dell'età di mezzo, lo si vedeva leggermente appesantito; il contegno riflessivo, la serietà dell'espressione e gli occhialini lasciavano indovinare un uomo di pensiero. E difatti nel monastero di Ettal sembrava cercare quella silenziosa, metodica tranquillità così propizia agli studi e che era ormai così difficile trovare fuori, in un mondo che era ormai precipitato nella guerra. A quel tempo, infatti la Germania e un'area sempre più vasta del continente stavano sotto il tallone dell'oppressione nazista.

Quando entro a mia volta nel monastero di Ettal, non dalla foresteria ma dal portone che immette sul magnifico chiostro, penso che anche quell'uomo deve aver passeggiato spesso su queste pietre, lungo il viale centrale che congiunge la sontuosa facciata barocca della chiesa ai principali locali dell'abbazia, sul lato opposto. Anche oggi piove e la temperatura è quasi novembrina, anche se siamo in estate. Un odore di erba bagnata viene dalle grandi aiuole.

È domenica ma ci sono pochi visitatori, forse perché è ancora presto; il silenzio è rotto da rade voci qui nel chiostro e la cintura degli edifici abbaziali con le loro spesse mura fanno udire i rumori del traffico sulla strada principale, che è soltanto a pochi metri, come se venissero da remote lontananze. Immagino un silenzio ancora più grande, quello che avvolgeva il nostro personaggio.

Era giunto per dedicarsi ai suoi studi (ma era questa tutta la verità? O egli aveva forse anche altri scopi? Cercheremo presto di scoprirlo), però non rimase affatto estraneo alla vita religiosa del monastero: volle partecipare alla liturgia delle ore e alla messa. Ed è anche per questo che lo consideriamo un personaggio singolare, perché dopotutto non solo non era un monaco, ma neanche era cattolico. È vero, però, che era anche lui un ministro di Dio, sebbene di un'altra confessione cristiana. Era un pastore luterano. Era pure un già affermato teologo della chiesa protestante. Che cosa insolita, in quegli anni, che un pastore e teologo luterano andasse a vivere per un po' di tempo in uno di quei monasteri che Lutero avrebbe soppresso, se la Riforma avesse preso piede anche in Baviera, tra quei monaci che avrebbe spogliato dell'abito di cui egli stesso si era per primo spogliato! E che addirittura questo pastore e teologo prendesse parte a quella liturgia delle ore che era stata condannata dai protestanti come formale legalismo, se non proprio superstizione, e a quella messa che, secondo Lutero, il papato aveva «asservito» e piegato alla propria tirannia, fino a rendere irriconoscibile il sacramento istituito da Cristo!

Ma il nostro uomo, che del resto da anni era impegnato nel dialogo ecumenico, badava alla sostanza e al più autentico significato delle pratiche religiose, andando oltre la degenerazione che potevano aver subito nel corso dei secoli. Così, pensava che la vita in comune e appartata propria dei monaci, una volta spogliata di certi vincoli, legalismi e formalismi, una volta che fosse vissuta in piena libertà, senza isolarsi del tutto dal mondo e soltanto per un determinato tempo, poteva arricchire anche l'esperienza cristiana di un protestante. Per questo, qualche anno prima, il nostro misterioso personaggio aveva organizzato un seminario per predicatori a Finkenwalde, che era stata anche e soprattutto un'esperienza di vita in comune.

Se vi chiedete dove si trovi questa località, Finkenwalde, non provate a cercarla sull'atlante, o meglio su *google maps*: perdereste il vostro tempo. Come è accaduto in tanti altri casi, il vecchio nome tedesco è stato mutato dopo la guerra e ora la vecchia Finkenwalde è in Polonia ed è un sobborgo della città di Stettino. Anche il nostro teologo era nato, del resto, in una città che oggi è polacca e all'epoca tedesca, una splendida città: Breslavia, Breslau o Wroclaw, come vi piace chiamarla.

Quel seminario di Finkenwalde fu anche e soprattutto un'esperienza di vita comune, fondata persino su una sorta di «regola», come negli ordini monastici. Ma nessuno dei partecipanti doveva pronunciare dei voti o modificare il proprio stato civile. Era un'esperienza spirituale, di studio e di preghiera, circoscritta nel tempo. Ne nacque anche un libro, che si apriva con una citazione del Salmo 133: «Oh quant'è bello e quanto è soave che i fratelli abitino insieme nella concordia!». Ma, aggiungeva subito dopo l'autore, questa letizia della comunione fraterna non era una possibilità così scontata; anzi si trattava di un dono prezioso, di un'esperienza straordinaria: «Non è affatto ovvio che al cristiano sia consentito vivere in mezzo ad altri cristiani», scriveva. «Gesù Cristo è vissuto in mezzo a gente a lui ostile. Alla fine fu abbandonato da tutti i discepoli. Sulla croce si ritrovò del tutto solo, circondato da malfattori e da schernitori. La sua venuta aveva lo scopo di portare la pace ai nemici di Dio. Quindi anche il posto del cristiano non è l'isolamento di una vita claustrale, ma lo stare in mezzo ai nemici. Lì si svolge il suo compito e il suo lavoro». L'appartarsi di Finkenwalde serviva quindi a tornare alla lotta per Cristo nel mondo e a tornarci con armi spirituali più potenti ed efficaci.

Eppure, il nostro teologo, che aveva il nome di Dietrich, trascorsi alcuni anni, sembrava che stesse cercando proprio l'isolamento della vita claustrale per attendere serenamente ai suoi studi (ma solo per quello?). E al suo migliore amico, chiamato Eberhard, scriveva che effettivamente il silenzio e l'assoluta regolarità della vita quotidiana favorivano moltissimo la concentrazione.

Entrato nel monastero, egli aveva scoperto, non senza stupore, che durante i pasti comuni in refettorio a quei monaci di Ettal veniva letto anche quel suo libricino, dove egli faceva sì l'elogio della vita comune e ne indicava anche le regole (da accettare liberamente), ma da buon protestante prendeva pure le distanze dall'«isolamento claustrale»! Pareva che quei due universi, in teoria così lontani, quello del pastore luterano e quello dei monaci di Ettal, si fossero predisposti all'incontro!

Entro nella chiesa e resto subito abbagliato dalla maestosità del barocco, la ricchezza dei fregi d'oro sui marmi bianchi, le statue di santi e i dipinti che sanno raccontare senza parole la teologia della Controriforma. Alzo il capo più che posso e provo un senso di stordimento, non so se è la posizione innaturale o lo splendore dell'immenso affresco della volta che raffigura la glorificazione di San Benedetto, se sono le mie congenite vertigini o tutte quelle figure che sembrano davvero librate in volo. Sull'altare maggiore una delicata Madonna col bambino; sull'altare di una cappella laterale un pregevole dipinto tardo settecentesco, che rappresenta la sacra famiglia.

Oltre alla chiesa, vorrei visitare tutta l'abbazia ma purtroppo, oggi, non c'è la possibilità di fare visite individuali e non ci sono neanche gruppi prenotati a cui unirsi. Gironzolo ancora un po' per il chiostro, guardando mestamente gli alloggi ove non potrò entrare e dei quali, invece, Dietrich, il nostro amico teologo aveva addirittura le chiavi! Vado a gettare uno sguardo da fuori alla famosa distilleria e all'altrettanto rinomata fabbrica di birra. La pioggia continua a cadere incessante e così ritorno dove ho parcheggiato la piccola Cinquecento che ho preso a noleggio.

Nel frattempo, ha aperto il *Kloster Markt*, il negozietto che vende prodotti dell'abbazia. Mi incuriosisce, fra le tante cose, una bottiglia di nocino, perché sono abituato a pensarlo – sbagliando, ovviamente – come un liquore tipico delle mie parti e non di quest'angolo di Baviera. Mi avvio alla cassa con i miei acquisti e il signore, vedendo il nocino, mi chiede molto gentilmente se lo voglio prima assaggiare e subito me ne riempie un bicchierino. Lo mando giù in due sorsi. È forse un po' troppo dolce ma alla domanda del negoziante rispondo comunque che è molto buono. Lui sorride sinceramente compiaciuto, contento come un bambinone, come fanno spesso i tedeschi quando elogi ciò che ti hanno offerto o venduto. Dopo averlo provato, stavo quasi pensando di non prenderlo più, perché, senza esser certo cattivo non è neanche eccezionale, ma non potrei mai deludere quell'uomo! L'etichetta dice che si può versarlo anche nel caffè o sul gelato: ecco, lo proverò così!

Mentre mi avvio verso la mia Cinquecento con gli acquisti, noto l'insegna sul fabbricato del quale fa parte anche il negozio: «*Hotel Ludwig der Bayer*». Ludovico il Bavaro fu il fondatore, nel Trecento, del monastero e dunque era prevedibile che l'albergo di fronte ad esso si chiamasse così (la fantasia non è precisamente la prima qualità dei tedeschi…). Ma la questione è un'altra: prima di stabilirsi nella foresteria

del monastero, introdottovi da un altro singolare personaggio del quale tra poco parleremo, il nostro amico teologo
scese proprio in questo albergo! Chissà perché avevo dato
per scontato che l non ci fosse più; e invece, eccolo qua! La
costruzione, sebbene ben ristrutturata, sembra abbastanza
antica. L'albergo pare piuttosto elegante. Di passare la notte
qui non se ne parla, perché ho già una camera in una *Gasthof*,
a una ventina di chilometri da Ettal – e poi il *Ludwig der
Bayer* sarà troppo caro per le mie tasche. Però, giacché ci
sono e visto che mi è stata preclusa la visita ad ogni cosa nel
monastero, fatta salva la chiesa, andrò a dare un'occhiata a
questo hotel dove alloggiò il nostro personaggio!

Alla *reception* c'è una giovane signora bionda. Le spiego,
in qualche modo, che vorrei delle informazioni e magari anche vedere qualche camera ma non è per stanotte, bensì per
una prossima occasione. Non mostra alcuna sorpresa e mi
chiama subito un tizio che a me pare vestito quasi in abito di
gala. Gli dice qualcosa e il manager, il direttore o che so io,
incomincia una filastrocca dalla quale capisco che l'hotel è
un quattro stelle, ha una spa, con palestra, sauna, sala massaggi, piscina termale (tutte cose che a me non interessano
per nulla, che probabilmente non c'erano al tempo del nostro
amico e delle quali comunque dubito avrebbe usufruito). C'è
una ricca colazione a buffet (e questo è già più interessante).
Mi dice ancora qualcosa che non capisco ma che deve avere
a che fare con le camere che ho chiesto di vedere, perché
almeno la parola «*Zimmer*» è chiara. Annuisco e lo seguo.
Effettivamente, mi mostra delle stanze. Sono bellissime, anche se l'arredamento è rustico e semplice, in legno di pino,
come del resto si conviene a un hotel alle soglie delle Alpi.
Sono luminose e calde e hanno tutte un angolo-lettura, un
salotto con divanetto, poltroncine e tavolino. Hanno pure il
balcone che guarda l'abbazia. Saliamo all'ultimo piano e
qui mi mostra una suite mansardata, sullo stesso stile e tono

delle altre camere. Quindi scendiamo per visitare piscina, palestra, sauna… finché non gli faccio capire che è sufficiente, che mi sono fatto una buona idea. Alla fatidica domanda, scopro con piacere che il prezzo è del tutto abbordabile: in Italia un hotel così si pagherebbe tre volte di più! Prendo la brochure, ringrazio, saluto e vado via, pensando che dovrò proprio tornare da queste parti.

Quanto al nostro teologo, non aveva scelto la foresteria dell'abbazia come alloggio perché non potesse permettersi l'albergo, visto che veniva da una famiglia dell'alta borghesia prussiana e, se non ricco, era di condizione abbastanza agiata (il padre era un docente di psichiatria, uno dei più autorevoli scienziati tedeschi del tempo e ben presto da Breslavia fu chiamato all'Università di Berlino). L'albergo, però, non si confaceva né al suo bisogno di tranquillità, né al suo desiderio di una vita scandita da una disciplina cristiana, né alla sobrietà che era richiesta ad un pastore.

Nell'hotel in questione ritornò comunque a Natale, per offrire una lauta cena al suo carissimo amico Eberhard che era riuscito a raggiungerlo, attraversando tutta la Germania, da Berlino fino a quel monastero dell'Alta Baviera. Con l'amico passò alcuni giorni e tornarono a suonare insieme, come erano soliti fare in passato, specie nelle riunioni familiari. Dietrich era piuttosto abile al piano ed era capace di improvvisare, suonando musica che non aveva mai studiato prima. Eberhard, dal canto suo, gli aveva consentito di allargare i suoi orizzonti musicali e lo accompagnava con il clarino. Il loro sodalizio era nato a Finkenwalde, dove Eberhard era stato uno degli allievi di Dietrich. Li aveva uniti soprattutto la fede, la ricerca teologica, ma ben presto la loro amicizia aveva coinvolto ogni altro campo della loro vita, dalla musica, agli interessi letterari ed artistici, ai viaggi, alle rispettive storie sentimentali. Eberhard, di lì a poco, avrebbe anche finito per sposare una nipote di Dietrich.

Quella dell'amico non era peraltro la prima visita che il nostro teologo riceveva, laggiù ad Ettal: già nelle prime settimane era arrivata nel villaggio una delle sorelle, Christine, con i figli. Cercava per loro un riparo dai bombardamenti che flagellavano Berlino. Christine, presto, dovette ritornare nella capitale, dal marito, ma affidò al fratello i ragazzi, Christoph e Klaus, che avevano 11 e 12 anni, dopo averli iscritti alla scuola dell'abbazia. Il marito di Christine si chiamava Hans, era figlio di un compositore ungherese e di una pianista, era un giurista e da anni era uno strettissimo collaboratore del Ministro della Giustizia, Franz Gürtner. Quest'ultimo era un personaggio più unico che raro nel regime nazista: era un conservatore moderato, che era stato ministro nei gabinetti von Papen e von Schleicher, nei mesi che precedettero la conquista del potere da parte di Hitler. Sebbene non fosse un nazista, Hitler lo aveva stranamente lasciato al suo posto; e così, pure Hans aveva continuato a lavorare presso il Ministero, in un ruolo importantissimo. Prima di sposare Christine, era stato amico dei suoi fratelli, Dietrich stesso e Klaus.

In quel Natale del 1940 anche Hans e la moglie raggiunsero dunque Dietrich ad Ettal, dove erano rimasti i loro figli. Hans, come vedremo, sarà un altro personaggio importante della nostra storia, perché fu un personaggio importante nella vita di Dietrich. E non solo per l'amicizia, per la stretta parentela o per la comune passione per la musica… Chissà poi se quel Natale affrontò il viaggio fino ad Ettal soltanto per ricongiungersi ai figli e per far visita all'amico e cognato o per qualche altro e segreto motivo, che riguardava lui e Dietrich ed altre persone ancora. E chissà che cosa pensasse di tutte queste persone, che condividevano un qualche importante segreto, l'abate di Ettal…

Sto tornando verso la mia *Gasthof*. Ho cercato un alloggio a poca distanza da Ettal ma che fosse proprio sotto le grandi montagne tedesche, lo *Zugspitze* e i suoi fratelli (o sorelle). Non a Garmisch-Partenkirchen, però, che ora sto rapidamente attraversando in auto. Garmisch-Partenkirchen, nata dall'unione di due diverse località come rivela il nome, da tempo non è più un villaggio alpino ma una vera cittadina, la principale stazione invernale tedesca, sede pure di una celebre discesa libera di sci. Una località piuttosto mondana e turistica, anche se nel modo sobrio e tranquillo in cui sanno esserlo certe località alpine, almeno a paragone di quelle sul Mediterraneo. Sono andato oltre. Una manciata di chilometri dopo Garmisch e proprio ai piedi dello *Zugspitze* c'è un minuscolo villaggio, Grainau, e la mia *Gasthof* è lì, anzi non è neanche nel villaggio ma a un chilometro da esso, sulla strada che porta all'*Eibsee* un incantevole lago alpino del quale non potremo non parlare!

In fondo, come la foresteria del convento era più confacente del lussuoso hotel al nostro Dietrich, così questa *Gasthaus* è più confacente a me. È diversa, però, da tante altre innumerevoli locande alpine, bavaresi o tirolesi, non tanto nell'aspetto esteriore, che è quello consueto, ma nello stile che i gestori hanno cercato di darle. Con successo, direi. Quando sono arrivato, l'altro giorno, un po' trafelato, sbagliando regolarmente la porta di ingresso, ho incominciato a trascinare il mio bagaglio, sempre eccessivamente carico di cose, per la terrazza e la sala da pranzo dove c'erano alcuni avventori. Mi si è fatta incontro una signora alta, diritta, con i capelli grigi. Mi ha dato il benvenuto con un contegno gentile, ma compito, quasi aristocratico, ben differente dalla calda, spontanea, estroversa accoglienza che si è soliti ricevere da queste parti. Mi ha teso la mano e, subito dopo, la chiave della mia stanza. Mi ha dato anche il foglietto ove scrivere i dati personali per la registrazione, aggiungendo, però, che non c'era fretta, che potevo salire subito in camera, rinfrescarmi e riposarmi dal viaggio.

Non so perché, i proprietari delle *Gasthäuser* tendono sempre a pensare che stai arrivando da loro direttamente dall'Italia e hai fatto ore e ore di viaggio: passaporto italiano, ergo costui sta arrivando ora dall'Italia, ergo, poverino, sarà sfinito, disorientato, affamato, assetato! Non è contemplata la possibilità che tu abbia già fatto altre tappe da quelle parti, magari a solo un'ora di automobile! Anche alla partenza è quasi sempre lo stesso: «E oggi torna in Italia?»

«No, veramente vado a Y, sempre qui in Baviera».

«Ma davvero?! a Y?!».

Né si può pensare che si meraviglino del fatto che tu stia in viaggio ed eventualmente in vacanza per più di tre giorni, visto che i tedeschi stanno sempre in viaggio e in vacanza! Hanno le più lubnghe ferie pagate d'Europa e credo del mondo… Il fenomeno resta quindi inspiegabile.

Come restano incomprensibili certe lacune geografiche: alla signora della precedente *Gasthaus*, che era ad un altro estremo delle Alpi bavaresi, ma comunque a non più di un centinaio di chilometri da qui, la mattina della partenza, avevo detto che no, non tornavo in Italia per il momento (sospiro di lieto stupore da parte sua), ma andavo a Garmisch-Partenkirchen.

«Garmisch…» mi fa con aria perplessa.

«Sì» dico, sorpreso dalla sua sorpresa. «Garmisch, sotto lo *Zugspitze*».

«Ah, sarà un bel posto anche quello».

E certo, la principale stazione alpina tedesca, la montagna più alta della Germania, come fai a non conoscerle tu, che sei tedesca e abiti comunque sulle Alpi, anche se un poco distante da lì?! È come se, partendo dalla Valtellina, dicessi che sono diretto a Cortina (improbabile, in verità) e mi sentissi dire: «Cortina, chi?».

Sono misteri, peraltro, che si riscontrano anche in altri paesi: anni fa in Galles, alla solita domanda del proprietario di un *bed and breakfast* su dove proseguissi il mio viaggio, gli citai un'altra località gallese, anche questa, immaginavo, piuttosto rinomata (immaginavo male). Mi guardò con aria smarrita e poi fece, ripetendo e storpiando il nome più ancora di come l'avessi storpiato io: «Ah, e dove sta? Del resto, il Galles è così grande…». Humour celtico!

Forse, la scuola italiana, riguardo alla geografia, non è messa peggio di quella di altri paesi. Però, devo verificare al più presto in Valtellina…

Ho guadagnato la mia stanza che è la numero tre, sta sul retro e si raggiunge con pochi scalini. Apro la porta e la ammiro soddisfatto: è bella ampia, con due grandi finestre. Mi affaccio subito: danno sulle due casette vicine e sul bosco e, proprio sotto la mia stanza, scorre un ruscelletto. Dovete sapere, anche se non ve ne importerà nulla, che adoro le stanze sui ruscelletti, anche se a taluni disturba il rumore dell'acqua che scorre. Al contrario, a me concilia il riposo. Nella camera si entra attraverso un piccolo disimpegno che dà sul bagno; il bagno è piccolo, ho letto che altri clienti se ne sono lamentati, ma a me va bene così: non vado nelle locande per sostare nei bagni, se non per il tempo delle ovvie e diverse necessità e non sono tanto grosso da avere difficoltà a girarmi nel vano doccia! Al lato opposto rispetto alla camera, il disimpegno si apre invece su un ampio terrazzino quadrato. È rivestito di una sorta di moquette verde, una specie di erba sintetica, assolutamente idrorepellente, perché anche oggi, che piove da stanotte, è completamente asciutta. Da un lato, il terrazzino affaccia sulle stesse casette e il medesimo ruscelletto che si vedono dalla camera ma se ci si spinge sul lato opposto compare sua maestà lo *Zugspitze*! Da fanatico delle camere e dei balconi con vista, ieri sera con l'aria ancora mite, perché il tempo è cambiato solo durante la notte, ho sistemato una sedia proprio all'angolo estremo del terrazzino e, guardato con stupore da una vecchia signora che stava sul balcone di una delle due casette, mi sono seduto in quella insolita posizione ad ammirare i colori affascinanti della montagna al tramonto!

Non so se Dietrich, il nostro amico teologo, provasse lo stesso rapimento che provo io di fronte alle vette alpine. Sembra, però, che prediligesse altri scenari. La sua famiglia aveva una casa di villeggiatura sullo *Harz,* il sistema montuoso della Germania centrale. In una lettera, egli contrappone i monti delle sue vacanze giovanili, il *Mittelgebirge* – montagne di modesta altitudine – alle vette alpine: «mi sembrerebbe addirittura impossibile e contrario alla mia natura che noi avessimo una casa, magari, nel *Hochgebirge* oppure al mare». E del «suo» *Mittelgebirge* dice che lo ha formato e lo considera quasi un simbolo di quella buona borghesia prussiana a cui appartiene, delle sue tipiche virtù, come la semplicità e la sobrietà, il fastidio per l'ostentazione.

Almeno in questo, nel preferire il *Mittelgebirge* al *Hochgebirge* non sono in sintonia con lui, anche se su un *Mittelgebirge* italiano ci sono pure nato. Però, a ben pensarci, di fronte ai veri giganti alpini, lo *Zugspitze*, che sfiora, ma non raggiunge neanche, i 3000 metri, è – a sua volta – *Mittelgebirge*! Si è sempre *Mittelgebirge* di qualcuno e sarebbe bene non dimenticarlo e non vantarsi mai troppo delle proprie "altitudini"!

La borghesia di cui parlava Dietrich, per lo più, aveva accolto senza entusiasmo l'ascesa del nazismo, anzi spesso con fastidio, diffidenza e anche preoccupazione. Queste sue radici sociali, la sua genuina fede cristiana, l'onestà intellettuale e il rigore etico – mai declamato – che lo contraddistinguevano fecero sì che egli non esitasse a lungo, specie quando la natura criminale del regime cominciò ad essere evidente, ad assumere una posizione critica. Aveva fatto parte, ne era anzi stato uno dei principali animatori, di quella «chiesa confessante», purtroppo minoritaria, che si era rifiutata di mettere la propria testimonianza e predicazione al servizio del nazismo. Quest'ultimo, al principio, aveva cercato di utilizzare i cosiddetti «cristiano-tedeschi», cristiani filonazisti, per ottenere il suo scopo nel mondo protestante tedesco. Il tentativo, in fondo, era fallito e aveva solo provocato aspri contrasti. I «cristiano-tedeschi», nonostante il sostegno del regime, non erano riusciti a raggiungere una posizione di effettivo controllo delle chiese ed anzi avevano suscitato una accesa reazione che aveva portato appunto alla costituzione della «chiesa confessante». Come atto di nascita di quest'ultima e non senza contrasti e accese discussioni, si era approvata una dichiarazione che rendeva palese l'atteggiamento di opposizione al nazismo e soprattutto alle sue pretese di controllo della chiesa. Non si deve pensare, ovviamente, a una sorta di manifesto politico, a un'esplicita presa di posizione contro Hitler e contro il regime. Si era trattato, piuttosto, di una limpida, coerente, altissima affermazione della propria fede in Cristo come unico Signore, molto più efficace, in fondo, di un attacco diretto o di tante polemiche politiche.

«Noi crediamo che Gesù Cristo», si leggeva all'inizio di questa dichiarazione e confessione, «così come ci viene attestato nella Sacra Scrittura, sia l'unica parola di Dio. A essa dobbiamo prestare ascolto; in essa dobbiamo confidare e a essa dobbiamo obbedire in vita e in morte».

In tal modo, si metteva l'obbedienza a Cristo e alla sua parola al di sopra dell'obbedienza a qualsiasi autorità terrena, Führer compreso. Il regime quindi, persa la fiducia nei cristiano-tedeschi, passò a imporre direttamente la propria autorità attraverso comitati ecclesiastici statali e, infine, giunse ad esercitare una vera azione repressiva nei confronti dei pastori non allineati e dei membri tutti della «chiesa confessante».

Quando era giunto ad Ettal, anche il nostro Dietrich, che era stato fra i protagonisti di questa dichiarazione, la dichiarazione di Barmen, aveva da poco subito uno di tali provvedimenti: pochi mesi prima, in estate, la Gestapo aveva fatto irruzione durante un incontro ecclesiale al quale stava partecipando anche lui. Fu forse solo l'occasione, o il pretesto, per proibirgli di parlare in pubblico e quindi anche di predicare. Del resto, questo divieto non giungeva improvviso: già il seminario di Finkenwalde, di cui abbiamo parlato, lo si era dovuto organizzare clandestinamente ed alla fine l'iniziativa era stata comunque scoperta, sicché la Gestapo le aveva posto fine. Nei due anni successivi, Dietrich aveva continuato a insegnare ai giovani predicatori ma sempre clandestinamente. A questo punto, la Chiesa confessante aveva dovuto esonerarlo da compiti pratici, distaccandolo per il lavoro scientifico relativo all'*Etica*, la grande opera a cui lavorava. Ed è con questo incarico e questa motivazione che egli era ufficialmente giunto ad Ettal.

Ma non c'era solo questo. Il nostro amico aveva anche altri compiti che non potevano certo essere pubblicamente dichiarati.

Lo stile un po' diverso della locanda dove ho preso alloggio è attestato soprattutto dalla cucina. Io sono stato sempre uno strenuo difensore della cucina tedesca dai tanti suoi critici nostrani. Anzitutto, va detto che mangiare in Germania è mediamente più economico che in molti altri paesi europei (a cominciare dal nostro). Poi, va aggiunto che anche il livello medio della ristorazione è più che soddisfacente: potete tranquillamente entrare in un posto a caso – non parlo ovviamente dei fast-food e simili che sono ormai diffusissimi nelle città, ma delle tipiche *Gasthof* o *Gasthaus* o *Stube* o *Kneipe* o *Keller* – potete sedervi, ordinare una cosa qualsiasi e state certi che uscirete sazi e contenti, nello stomaco e nel portafoglio! Provate a far lo stesso in Italia, ad entrare in un ristorante qualunque, non conosciuto, non segnalato, non sperimentato: è un serio rischio! Nel nostro paese, ovviamente, ci sono tanti posti dove si mangia bene e anche benissimo, ma bisogna sempre conoscerli o saperli individuare e scegliere. La cucina tedesca è poi molto saporita, le porzioni sono sempre generose. Certo, bisogna riconoscere che è anche una gastronomia molto semplice, rustica, e che non brilla né per varietà, né per fantasia (fatta eccezione, si capisce, per i ristoranti stellati che ci sono anche qui e per quelli comunque più raffinati e anche più cari). Ebbene, la mia *Gasthaus* smentisce queste ultime regole e senza affatto svuotarmi il portafoglio (i prezzi sono uguali a quelli delle altre locande di queste parti), per la particolare cura e attenzione nel menu, per la ricerca del tocco di fantasia. E così, oggi, visto che il tempo non consente escursioni in montagna, mi concedo anche un pranzo più accurato invece del solito spuntino, che poi ti fa arrivare regolarmente affamato a cena. Peraltro, questo perché non me la sento di usufruire della "colazione a sacco" fornita dalla *Gasthof*: pane con affettati o formaggio (o entrambi) per complessivi – avverte la didascalia – 750 grammi a porzione! Non riuscirei a fare più un passo in salita sui sentieri che amo percorrere e in discesa rotolerei direttamente a valle!

Nel menu, parecchie pietanze sono sveve. La famiglia che gestisce la *Gasthof* deve essere di quelle parti. E, ora che mi sovviene, anche il padre di Dietrich era originario della Svevia: i suoi antenati, come egli scrisse una volta, erano *«artigiani altamente rispettati e consiglieri della città libera di* Schwabisch-Hall». Nel menu che sto vagliando ci sono i *Maultasch*, una sorta di ravioli tipici di questa regione, che già ho mangiato altre volte, ripieni di carne o di spinaci, ma qui vengono proposti in varie elaborazioni. Scelgo quelli più tradizionali con prosciutto affumicato e *Allgäuer Käse*, formaggio dell'Allgäu (la regione alpina fra Baviera e Svevia). Li accompagna una deliziosa insalatina con un che di esotico, diversa dalla solita insalata mista con condimento di yogurt (che a me peraltro piace). I *Maultausch*, inoltre, sono proposti anche con ripieno di cipolle, patate ed erbette e condimento di burro fuso o di ragù di pomodoro (questi li eviterei: ognuno faccia il suo mestiere e fare il ragù non è mestiere per svevo-bavaresi!).

Ho scoperto che in cucina, a destreggiarsi tra i fornelli, c'è il marito della signora (della colazione si occupa invece la figlia, meno aristocratica e davvero molto cordiale e simpatica). Praticamente costui l'ho visto sempre e solo in cucina, dalla mattina alla sera: deve essere una grande passione la sua o magari l'inflessibile consorte l'avrà segregato lì! Ho l'impressione che in origine dovesse essere un pasticciere, perché nei dolci dà il meglio di sé. La breve lista di dessert che leggo ha anche nomi particolarmente fantasiosi per un ristorante tedesco (inutile chiedere l'*Apfelstrudel*!). Scelgo le «variazioni di cioccolato». Il piatto gioca sulle diverse temperature: c'è il soufflé caldo di cioccolato nero con cuore di vaniglia, il semifreddo di mousse al gianduia, il sorbetto di mango con scaglie di cioccolato bianco. Eccellente!

Così rinfrancati, possiamo riprendere la nostra storia che, come si sarà capito, sta prendendo una piega drammatica.

2.

Il nostro Dietrich, dicevamo, non si era rinchiuso ad Ettal
soltanto per studiare e, peraltro, lo scritto che stava preparando e che considerava l'impresa culminante della propria
vita intellettuale e spirituale, non era affatto un mero lavoro accademico ma riguardava strettamente i problemi di
coscienza che un uomo, un cittadino, un cristiano doveva
porsi in quel frangente così drammatico. Un anno prima, le
divisioni tedesche avevano invaso la Polonia. Nello stesso
periodo, si erano diffuse anche le notizie sui massacri perpe-
trati nel paese occupato dai cosiddetti «gruppi di intervento»
(*Einsatzgruppen*) delle SS, che avevano avuto ordine di ster-
minare l'intera classe dirigente polacca (politici, intellettuali,
medici, insegnanti, sacerdoti, ufficiali), per trasformare la
popolazione in una massa di schiavi; e, naturalmente, erano
iniziate le operazioni di rastrellamento degli ebrei. A Dietrich
era giunta notizia di stragi moralmente ripugnanti e contra-
rie a qualsiasi codice di guerra ed era al corrente pure delle
deportazioni degli ebrei di quel paese. Una delle sue fonti
di informazione era sicuramente Hans, per la sua posizione
al Ministero della Giustizia. Altre notizie agghiaccianti gli
giungevano presumibilmente attraverso il padre psichiatra,
sebbene questi si tenesse ben lontano da certi orrendi misfatti:
già nel febbraio del 1940, Dietrich si mostrava consapevole
del progetto di sterminio di massa delle «vite indegne di
essere vissute», quelle dei malati di mente.

A ottobre, poco prima di arrivare ad Ettal, aveva saputo
che anche in Francia, nel frattempo sconfitta e occupata, era-

no iniziate le deportazioni degli ebrei. Bisognava metter fine, in qualche modo, a quell'orrore. Questo glielo urlava la sua coscienza non solo di cittadino educato a determinati valori, ma anche e soprattutto di cristiano. I nazisti usavano deridere i cristiani che cercavano riparo dal male del mondo con una fuga nel trascendente o che si trinceravano dietro le parole di pace e non violenza di Gesù trasformate in un comodo alibi per non esporsi e non prendere posizione contro il male. In tal modo questi cristiani facevano il gioco del regime: «il cielo agli uccelli e ai cristiani, la terra ai nazisti», diceva un irridente motto del partito nazionalsocialista.

Dietrich, però, era un cristiano di ben altra stoffa. Proprio ad Ettal, nella quiete dell'abbazia, scrisse uno dei manoscritti della grande opera che stava preparando, l'*Etica*. Un libro che senza essere schiacciato sul contingente, cosa che tradirebbe il senso di un'opera teologica e non gioverebbe affatto alla stessa riflessione sull'attualità, è tuttavia costruito con la trama del suo vissuto, del vissuto di un uomo di fede in un periodo storico che alla coscienza degli uomini di fede poneva ancor più del solito dei terribili problemi. Egli chiama la realtà del mondo terreno «il penultimo», e quella ultraterrena, il Regno di Dio, «l'ultimo». Un cristiano certamente non può guardare alla realtà mondana e caduca, al «penultimo», senza considerarla in rapporto a quella celeste ed eterna, a «l'ultimo». Tuttavia, il Signore non vuole neanche che il penultimo sia screditato e svalorizzato, che sia ridotto a un pallido velo della realtà ultima: esso, anzi, va preso molto sul serio. Il Dio biblico, di fronte al grido di dolore del suo popolo in Egitto, non rimane certo impassibile nel suo cielo, come fanno gli dei di cui parla Epicuro, ma scende a salvarlo quel suo popolo. Il Figlio di Dio, poi, con la realtà mondana si compromette del tutto, si fa uomo, si fa carne fragile e mortale, fino ad affrontare il supplizio della croce, sempre per la salvezza dell'umanità. Ciò significa che i cristiani sono chiamati ad impegnarsi in quel mondo nel quale Dio stesso si è lasciato coinvolgere e ne portano la responsabilità. Il penultimo va in fondo salvaguardato proprio per amore dell'ultimo. «I cristiani che vogliono stare con un piede solo sulla terra», scriverà Dietrich in una delle tante sue lettere ad Eberhard, «staranno con un piede solo pure nel regno dei cieli».

Taluni amici e conoscenti della cerchia di Dietrich sentivano la stessa responsabilità, si sentivano ugualmente chiamati all'azione, non tanto o non solo per motivi di fede, ma per i valori in cui si erano formati. Uno dei più lucidi e decisi era proprio il cognato Hans, il marito di Christine che, peraltro, senza ostentarlo, era anche un fervente cristiano e anche per questo era così strettamente legato a Dietrich, il pastore.

In questo importante se pur ristretto ambiente borghese, che comprendeva intellettuali – giuristi in primo luogo, come Hans – e soprattutto ufficiali delle forze armate, già da tempo, già da prima della guerra, si stava cercando di organizzare una forma di opposizione che potesse portare al rovesciamento del regime nazista. Questi tentativi erano noti a Dietrich, anzitutto attraverso Hans, che era attivamente e direttamente coinvolto nella trama.

La svolta, una delle tante nella vicenda della resistenza al nazismo, ma quella decisiva per la vicenda personale del nostro teologo, si ebbe nei mesi fra l'occupazione della Polonia, a settembre del 1939, e la disfatta della Francia, fra maggio e giugno del 1940, all'incirca un anno prima del soggiorno a Ettal del nostro.

Erano mesi di relativa calma, perché, dopo la guerra-lampo sul fronte orientale, l'incombere dell'inverno aveva convinto Hitler a rimandare a primavera le operazioni sul fronte occidentale. I congiurati tentarono così di evitare l'estensione del conflitto a occidente. Occorreva, però, creare le condizioni per un accordo di pace con Francia e Gran Bretagna, che erano scese in guerra contro la Germania, e ciò presupponeva la caduta del regime nazista. La domanda cruciale era questa: era disposto il Regno Unito a riconoscere un nuovo governo tedesco e a trattare con esso? Senza questa disponibilità, è evidente che a nulla sarebbe valso il difficile e rischiosissimo tentativo di colpo di stato (perché di ciò si trattava, in fin dei conti, visto che una insurrezione popolare contro il regime non era possibile e non era comunque nei progetti dei cospiratori).

Si cercava quindi un canale atto a sondare le intenzioni del governo britannico. I protagonisti di questa operazione furono essenzialmente tre: Oster, un alto ufficiale dell'*Abwehr*, il servizio di spionaggio militare, poco più che cinquantenne; Hans, il cognato e amico di Dietrich, che agiva di intesa con Oster ed era stato distaccato proprio all'*Abwehr* dopo aver abbandonato il Ministero; l'ammiraglio Canaris, che era a capo dello spionaggio e che inaspettatamente copriva e facilitava l'azione dei primi due.

Hans Oster era uno dei pochi ufficiali tedeschi da sempre avverso al nazismo, senza incertezze e senza ambiguità. Aveva dovuto abbandonare l'esercito, ancor prima dell'ascesa al potere di Hitler, per una relazione extraconiugale che aveva portato avanti in modo, diciamo così, troppo indiscreto. Nel 1935, però, era stato reintegrato e inserito nell'*Abwehr*, lo spionaggio militare, proprio dall'ammiraglio Wilhelm Canaris, che cercava uomini non allineati col regime.

È molto difficile capire, invece, i reali scopi di Canaris, figura estremamente ambigua. Prima della guerra e ancora dopo l'occupazione della Polonia, quando lo scontro con le potenze occidentali di fatto non era ancora cominciato, Canaris cercò probabilmente di limitare il potere della fazione più estremista del regime e di compiere ogni sforzo per evitare un'avventura bellica che, a suo avviso, sarebbe stata disastrosa per il paese. In ogni caso, l'*Abwehr*, che Canaris dirigeva, aveva un ruolo cruciale in un'eventuale trama cospirativa. I suoi uomini potevano infatti agire con la copertura e la giustificazione delle attività segrete che erano comunque chiamati a svolgere. Si trattava, però, di rovesciare il senso e l'obiettivo di queste attività rivolgendole almeno in alcuni casi contro il regime nazista che avrebbero dovuto invece tutelare. Il gioco doveva essere spregiudicato e mortalmente rischioso.

Poi c'era Hans, una figura davvero eccezionale: fin dal 1929, con una carriera professionale folgorante, era stato assunto, come dicevamo, al servizio di quel singolare personaggio che era il ministro della Giustizia. Per anni era così stato uno dei pochissimi alti funzionari dello stato, forse l'unico, a non essere iscritto al partito nazionalsocialista. Da questa sua posizione privilegiata, Hans aveva raccolto dei dossier sulle attività criminali del regime. Alla fine, nel 1938 era stato allontanato dal Ministero, pur conservando ovviamente delle relazioni con chi ci lavorava, e l'anno dopo, proprio pochi giorni prima dell'invasione della Polonia, era stato assunto anche lui nello stato maggiore dell'Abwehr dall'ammiraglio Canaris, come incaricato degli affari politici nel dipartimento di Oster.

Si trattava di agire e in fretta. Oster aveva finalmente trovato un canale per sondare le intenzioni dell'Inghilterra senza esporsi troppo: il Vaticano; il tramite sarebbe stato un avvocato cattolico bavarese, Josef Müller, che disponeva di ottime relazioni presso Pio XII. Di intesa con Hans, Oster lo aveva reclutato nelle fila dell'Abwehr. Müller aveva spesso difeso in tribunale persone e organizzazioni cattoliche attaccate dal regime, del quale era anche lui un convinto oppositore. Oster, che era figlio di un pastore, lo aveva convinto ad unirsi alla cospirazione, proprio facendo leva sulle motivazioni cristiane dell'opposizione al nazismo. Müller, con un nome in codice non particolarmente fantasioso – "signor X" – avrebbe avuto un compito delicatissimo, visto che in Vaticano non mancavano di certo gli informatori della Gestapo. Hans doveva affiancare la difficile missione di Müller, recandosi anche lui più volte a Roma.

Dietrich, in quel periodo, non era parte di questa trama e stava ancora attivamente lavorando nella «chiesa confessante»: era questo il suo contributo alla lotta contro il nazismo. Ma presto le cose sarebbero cambiate ed egli avrebbe dovuto chiedersi come continuare il suo impegno per la causa di Cristo e come il Signore volesse esser servito da lui. Intanto, era già al corrente di moltissime cose. Hans era il tramite fra lui e la cospirazione.

Di pomeriggio è tornato il sole, qui ai piedi dello *Zugspitze*. Ne approfitto per fare un giretto a Grainau. È un paesino davvero minuscolo ma graziosissimo, tutto casette di legno (e su ognuna c'è il cartello che segnala camere in affitto!). Ci sono un paio di chiesette con il campanile con cupola morescheggiante. Il gran padre *Zugspitze* sorveglia maestosamente dall'alto. Poche centinaia di metri e si è subito a Obergrainau che, come dice il nome, è leggermente più in alto. Vi passa il trenino a cremagliera che sale fin sulla vetta dello *Zugspitze*. Vi andai tanti anni fa, con una mia fidanzata del tempo, perché era un'escursione imperdibile. Effettivamente, il tragitto del treno che arrancava su per la montagna, prima in mezzo ai boschi e poi in un paesaggio lunare e desolato, e la vista, una volta giunti lassù, erano grandiosi. Ma spettacolare fu anche l'alleggerimento del nostro portafoglio per il costo del biglietto! Ricordo – c'erano ancora i marchi – che pagai tranquillamente alla cassa i due biglietti. Non so più quale fosse la cifra esatta, ovviamente, ma facciamo, per dirne una (non tanto lontana dalla realtà, credo), che la somma estorta fosse di 150 marchi. Era tanto inverosimile, rispetto a ciò che ingenuamente mi aspettavo, che sborsai tutti quei soldi convinto di aver pagato 15 marchi, ossia l'equivalente, poniamo, non di 90.000 lire, ma di 9.000 lire. Va anche detto che allora si girava con i contanti e non con le carte di credito e poi noi eravamo studenti e un conto in banca non ce l'avevamo. Tornai, tutto trionfante, dalla mia ragazza, sventolando i biglietti per la magnifica escursione che ci aspettava e lei, senso pratico delle donne, mi chiese subito quanto avessi speso. Le dissi la cifra, ancora convinto che i 150 marchi valessero come 15, e lei pure restò interdetta, forse vittima per qualche istante del mio stesso autoinganno. Ci guardammo l'un l'altro e a un tratto, di colpo, realizzammo la dolorosa verità! L'ascesa sulla montagna fu accompagnata dalle maledizioni bibliche che lanciammo all'indirizzo della società di gestione del trenino e nei giorni successivi dovemmo stringere la cinghia, per non tornare anzitempo dalle nostre vacanze!

Il primo viaggio di Müller a Roma risale al settembre 1939, con la guerra ormai cominciata. Le trattative con gli inglesi, per il tramite del Vaticano, si protrassero fino al marzo successivo, quando si era ormai alla vigilia dell'offensiva di Hitler a occidente. Tutto questo tempo si spiega con lo scetticismo degli interlocutori d'oltremanica sull'effettiva possibilità di un cambio di regime e sulla loro comprensibile diffidenza: temevano che si trattasse solo di un depistaggio e che quegli uomini lavorassero in realtà per Hitler. A un certo punto, però, vi fu l'intervento diretto del segretario personale del papa, il gesuita Robert Leiber, e forse addirittura quello dello stesso Pio XII, a garanzia della serietà dell'approccio, e così l'ambasciatore inglese presso il Vaticano, sir Francis

D'Arcy Osborne, si convinse a manifestare "un reale interesse" del governo di Sua Maestà.

Ciò avrebbe dovuto finalmente sbloccare la situazione ma in verità non sappiamo nulla di ciò che fu convenuto. A un certo punto cominciò a circolare tra alcuni generali, che si riteneva potessero decidersi al colpo di stato, il cosiddetto "Rapporto X", che raccoglieva i risultati raggiunti dall'agente X – ossia l'avvocato Müller – nella trattativa con la Gran Bretagna. Hans stesso mostrò una copia del rapporto alla moglie Christine, la sorella di Dietrich. Che cosa ci fosse di concreto è difficile dirlo e il rapporto sicuramente era costruito in modo da spingere gli ufficiali ancora dubbiosi a saltare il fosso e gettarsi nella cospirazione.

In ogni caso, Hitler fu più veloce dei congiurati e ad aprile fece partire le operazioni militari in occidente, iniziando da Danimarca e Norvegia che gli servivano da basi aeree per l'offensiva contro la Francia. A questo punto, Oster fece un gesto coraggioso quanto avventato, nel disperato tentativo di fermare quell'attacco alla Francia e all'Inghilterra che avrebbe potuto compromettere tutti i loro piani: informò l'addetto militare olandese a Berlino, Gijsbertus Sas, dell'intenzione tedesca di attaccare la Francia, violando la neutralità belga e olandese. Fu davvero un gesto estremo che configurava apertamente un alto tradimento e che Oster non intraprese certo a cuor leggero. Disgraziatamente, gli olandesi non gli credettero subito e pensarono a un depistaggio.

Oster continuò ad insistere, finché, il 9 maggio e dopo ripetuti interventi anche di Müller presso il Vaticano, non venne finalmente preso sul serio. Ma era troppo tardi ormai: il giorno dopo sarebbe cominciata in modo travolgente l'offensiva tedesca contro la Francia.
Müller era stato costretto ad esporsi troppo, lasciando tracce che non sfuggirono a qualcuno dell'*Abwehr* fedele al regime. Si apriva un'indagine. Oster e Hans lo avvertirono

del pericolo. L'avvocato bavarese si affrettò a procurarsi degli alibi. Una precisa denuncia contro di lui era intanto partita, arrivando però sul tavolo "sbagliato", ossia proprio a Canaris che, pur all'oscuro degli ultimi gravissimi atti di Oster, decise ancora una volta di coprire i suoi uomini – forse anche per coprire se stesso. Canaris convinse Himmler che non vi era nulla di serio in quelle voci e Himmler si lasciò convincere, perché Canaris, sebbene già inviso a Gestapo ed SS, era ancora al di sopra di certi sospetti. E così, Oster, Müller e Hans riuscirono a salvarsi.

Intanto, però, prima ancora di questi ultimi sviluppi, era avvenuto l'inserimento del nostro stesso amico teologo nell'*Abwehr*, con compiti pur sempre sorprendenti per un pastore e un uomo di studi, anche in quel frangente straordinario e drammatico.

3.

Oggi è una fantastica giornata di sole, senza una nuvola, con una luce vivida che esalta tutti i colori della natura. È il giorno giusto per salire sullo *Zugspitze*. Ma non con il trenino: l'ho già fatto! Ci sono altre possibilità, perché la più alta vetta della Germania è servita da un sistema di comunicazioni da far invidia a una città! A parte il treno, va su anche una funivia e per prenderla non tocca ritornare a Garmisch ma basta proseguire per la strada su cui sorge la mia locanda, dopo Grainau, per soli 3 chilometri. Si arriva così a uno splendido lago, l'*Eibsee*. Accanto al lago, accanto al parcheggio, c'è la stazione di valle della funivia che porta sullo *Zugspitze*. Ma, arrivato lì, sorpresa! La stazione è un cantiere e un cartello avverte che la funivia è in ammodernamento e riaprirà per Natale! Toccherà studiare un'altra soluzione per andare in quota e non sprecare questa gloriosa giornata di sole ma, nel frattempo, è il caso di dare un'occhiata a questo incantevole lago. Meglio ancora, se ne può fare il periplo, su un comodo sentiero, in un'ora e mezzo.

Il lago ha acque trasparentissime che oggi, con il sole, sono colorate di tante sfumature di verde. Imboccato il sentiero, lo specchio d'acqua resta nascosto dagli alberi, ma ogni tanto si apre uno scorcio panoramico e nella piccola radura si trova sempre opportunamente disposta una panchina per fare una sosta e contemplare lo spettacolo. Talora vi è persino una capanna di legno per trovare riparo in giornate climaticamente meno felici di questa. È il caso, però, di non precipitarsi sulle prime panchine perché la vista più bella si ha una volta raggiunta l'altra sponda del lago. Da lì, infatti, compare sullo sfondo la cima dello *Zugspitze*! Non è poi molto più alta delle cime vicine, ad esempio quella alla sua destra, che dovrebbe essere l'*Alpspitze*. Eppure, sarà suggestione, sembra svettare solenne e autorevole come fosse il leader indiscusso del branco di montagne. La vetta sembra solo di roccia, che sia la stagione o il controverso mutamento climatico, mentre strisce di neve corrono appena più giù e, circa a metà della montagna, vi è una ripiegatura che ospita un grande ghiacciaio. Qui, evidentemente, si raccoglie anche la neve che precipita a valanga dalla sommità.

Mi siedo finalmente su una panchina a guardare stupito il lago verde e la grande montagna. C'è una pace che, forse per contrasto, mi riporta con la mente a Dietrich, a quei giorni convulsi del 1940.

Nel gennaio del 1940, come si diceva, Dietrich aveva ricevuto il divieto di svolgere attività pubblica e doveva cercare altre strade per offrire la sua testimonianza di cristiano al mondo, per non librarsi anzitempo in cielo e lasciare la terra esposta alla ferocia barbarica dei nazisti.

E colse, certo attraverso il cognato Hans, una possibilità molto diversa da ciò a cui era abituato. L'ufficio di Oster aveva proprio bisogno di un uomo come lui, che negli anni precedenti, nel suo lavoro ecumenico, aveva intrecciato relazioni internazionali che ora potevano essere preziose. Ad esempio, quella con il vescovo anglicano Bell, membro della Camera dei Lord e fautore inascoltato di una iniziativa di pace. Ufficialmente, Dietrich viene inserito nei ranghi dell'*Abwehr* per carpire, grazie alle sue amicizie, informazioni utili sotto il profilo militare e politico. In realtà, deve offrire un ulteriore canale di comunicazione con la Gran Bretagna per gli scopi della congiura.

Quando arriva ad Ettal, Dietrich è già un membro dell'*Abwehr* ed è anche divenuto, segretamente, uno dei cospiratori. Sapete chi è, infatti, che lo presenta all'abate e gli offre così la possibilità di alloggiare tra i monaci? È proprio l'avvocato bavarese Josef Müller, uomo di punta, come dicevamo, della trama diplomatica con Vaticano e Gran Bretagna!

L'abate di Ettal, Angelus Kupfer, è egli stesso assai critico nei confronti del regime e accoglie Dietrich con grande cordialità. Dietrich, in quelle settimane, oltre ad attendere ai suoi studi e a partecipare alla vita spirituale dell'abbazia, ha quindi il compito, con la copertura e la protezione dell'abate, di prendere contatto con un gruppo locale antinazista per intrecciare un rapporto fra la resistenza protestante del nord e quella cattolica del sud. È l'uomo giusto, probabilmente, vista l'esperienza che ha maturato nel dialogo ecumenico e ancor più perché sa unire la coerente, rigorosa fedeltà alla parola di Dio con la realistica comprensione delle contingenze mondane in cui tale fedeltà deve calarsi ed estrinsecarsi. E in quelle tragiche contingenze, occorreva esporsi inevitabilmente al rischio di sbagliare e di peccare, pronti ad assumere su di sé responsabilmente questo rischio; insieme, naturalmente, all'altro pericolo, di natura diversa, che era quello di soccombere nell'impresa.

Il teologo non poteva nascondersi che se l'obiettivo della cospirazione era la liberazione della Germania e del mondo dal mostro nazista, ed era un obiettivo nobilissimo, questo risultato passava per l'assassinio. In un primo momento, gli scrupoli dei congiurati li avevano portati a concepire soltanto l'arresto di Hitler e degli altri capi nazisti e non la loro uccisione, ma poi ci si era resi conto che ciò avrebbe finito per provocare la reazione delle forze fedeli al Führer e forse anche di una parte del popolo. La congiura sarebbe fallita. Dunque, si era costretti a uccidere quantomeno Hitler,

Goering ed Himmler. Ed era difficile ipotizzare che, tolti di mezzo loro, la cosa sarebbe scivolata via in modo indolore. Probabilmente ci sarebbero stati altri morti. In ogni caso, in un attentato sarebbero rimasti uccisi anche gli uomini che li circondavano.

Ma questo non significava violare il comandamento che dice, perentoriamente, «non uccidere!»? Dietrich era convinto che i comandamenti richiedevano la semplice obbedienza e non si potevano relativizzare e adattare alle circostanze. Era proprio questo il senso del suo discorso in *Sequela*, un libro nato a Finkenwalde. Dunque, non c'erano scappatoie: per liberarsi dal nazismo occorreva uccidere e uccidendo ci si caricava della colpa. Altri se la sarebbero cavata con la solita banalizzazione del pensiero di Machiavelli: il fine giustifica i mezzi, avrebbero detto. Non così Dietrich. La sua soluzione fu diversa: assumersi la responsabilità dell'atto insieme alla colpa che ne sarebbe conseguita e affidarsi soltanto al perdono di Dio. Non era una comoda autoassoluzione, ma non era neanche una ribellione al comandamento. Era l'«azione responsabile» della quale parlava proprio nel nuovo libro a cui stava lavorando, l'azione che si sforza di essere obbediente a Dio, ma cerca di ascoltare il suo comandamento nel cuore della realtà, senza trasformarlo mai in un principio astratto.

È molto significativo ciò che egli rispose una volta ad Hans che, pur risoluto all'azione, era tormentato nella coscienza. Che cosa si deve pensare, gli chiese Hans, della frase di Gesù riportata dai vangeli, «chi di spada ferisce, di spada perisce»? Un pacifista dei giorni nostri avrebbe risposto che con quella frase Gesù aveva invitato i suoi discepoli di allora e di sempre a non opporre violenza alla violenza e che dunque un cristiano deve astenersi da qualunque violenza per qualunque motivo. Dietrich, che pure negli anni precedenti era stato un convinto pacifista, dette una risposta sorprendente: quella frase, disse, conteneva certamente un giudizio contro chi era indotto a usare la spada; questo giudizio valeva anche per il loro gruppo di cospiratori contro il tiranno, ma non nel senso che alla spada dovessero rinunciare, ma nel senso che dovevano accettare il giudizio e le conseguenze che avrebbe eventualmente comportato. Aggiunse, anzi, che c'era proprio bisogno in quel momento di uomini che si assumessero quella grave responsabilità.

La notte di Natale del 1940, troviamo così riuniti nell'abbazia di Ettal alcuni personaggi: c'è l'abate di Ettal e c'è l'abate di un altro monastero bavarese, quello di Metten; con loro ci sono un capitano dell'esercito, due gesuiti, un diplomatico, un monsignore del Vaticano, un avvocato bavarese, che già conosciamo, un giurista e un teologo, tra loro cognati, che pure ci sono già noti. Certamente, non fu solo una riunione di preghiera. L'"azione responsabile", teorizzata nelle pagine che Dietrich andava scrivendo nella sua camera della foresteria abbaziale, si incarnava già in quella singolare compagnia di uomini.

Ho terminato il periplo del lago. Sono quasi le 11, ormai, e il tempo si mantiene splendido. Sto quasi decidendo di ritornare ad Ettal, per vederla con il sole, ma poi mi convinco che non è una buona idea: ci saranno molti più visitatori e questa giornata luminosa favorisce assai meno della pioggia e della nebbia di ieri il raccoglimento che cerco per continuare a dipanare nella mia mente la storia di Dietrich. E poi, non era questo il clima durante quel suo soggiorno, fra novembre e febbraio. Semmai, cercherò di tornarci in inverno, con la neve (quell'anno ci fu molta neve). Prenderò una camera al *Ludwig der Bayer*... Oggi, meglio andare a meditare in alta quota: il richiamo dello *Zugspitze* è irresistibile come quello delle sirene di Ulisse!

Scartato il trenino, ricordo improvvisamente di ciò che
ho letto in una delle fonti privilegiate da cui traggo i dati
necessari per organizzare i miei itinerari: la guida *Routard*.
Chi volesse risparmiare tempo e soldi, scrive la guida, invece
del trenino e della funivia dello *Zugspitze* (e quest'ultima
adesso è comunque chiusa) può optare per un'altra funivia,
che costa pure la metà, quella che sale non sulla più alta vetta
di Germania, ma ad una cima vicina, l'*Alpspitze*. L'alternativa mi convince e mi entusiasma, non solo e non tanto per il
denaro risparmiato (sebbene ancora morda il ricordo di quella
gita ferroviaria di tanti anni fa!), ma perché dall'*Alpspitze*,
assicura monsieur *Routard,* si ha una magnifica vista dello
Zugspitze! Mentre, salire allo *Zugspitze* ha questo piccolo
inconveniente che da lassù non si vede… lo *Zugspitze*!

Hans lo aveva messo al corrente dell'atto estremo compiuto da Oster, quando aveva informato il "nemico" dei piani
militari tedeschi, un atto che per la coscienza comune era un
alto tradimento. Dietrich, ancora una volta, lo aveva sorpreso
e aveva approvato quel gesto senza alcuna riserva. Erano cose
che in tempi normali non sarebbero degne neppure di uno
straccione, aveva detto. Ma quelli non erano tempi normali
e bisognava ridefinire l'idea del bene e della virtù, pronti
anche a rovesciare le convenzioni: il "tradimento" era ora
diventato il vero amor di patria e il vecchio amor di patria
era ormai il più vile tradimento. Dietrich sapeva benissimo
che vi erano tedeschi che prestavano la loro opera al nazismo
non per adesione convinta al regime, né per vigliaccheria, né
per opportunismo, ma per un determinato senso del dovere,
per obbedienza a quei principi etici tradizionali che li indu-
cevano a servire in ogni caso lo stato, la nazione, l'esercito.
Costoro, come aveva scritto nei primi manoscritti della sua
grande opera etica, continuavano in fondo semplicemente a

servirsi delle «armi» etiche che avevano ereditato dai loro padri, che lo stesso Dietrich aveva ricevuto in dotazione, che ben conosceva e si guardava bene dal disprezzare. E tuttavia, bisognava riconoscere che quei principi etici erano ormai inservibili, erano come «armi arrugginite» e bisognava sostituirli. Affidarsi ancora a quei principi significava andare incontro a disastrosi fallimenti.

Queste cose Dietrich le andava meditando e scrivendo, prima ancora di arrivare ad Ettal, in un'altro luogo di pace, la casa di un'anziana e colta signora, della quale era diventato amico. La casa era in una grande proprietà terriera della Prussia orientale e in quella casa, in quella tenuta, si aggirava anche una bella ragazza, abbastanza più giovane di lui, che portava sempre i capelli legati. La ragazza era allegra e gentile e aveva uno sguardo serio, profondo e determinato, che sembrava quello di una donna già matura. Si chiamava Maria e, qualche tempo dopo, lei e Dietrich avrebbero scoperto dentro di loro e l'uno per l'altra cose che all'epoca di questo primo soggiorno del teologo a Klein Krössin – così si chiamava la tenuta di campagna – neanche avrebbero sospettato potessero nascere. Fu proprio a Klein Krössin che Dietrich cominciò a lavorare alla sua *Etica,* scrivendo dei vari fallimenti morali che in parte spiegavano anche l'ascesa del nazismo.

C'era il fallimento di chi si affidava alla «ragionevolezza», scriveva Dietrich, di chi rifuggiva da giudizi troppo drastici e radicali, di chi pensava che il mondo non fosse bianco e nero, ma in chiaroscuro. Ciò, ancora una volta, aveva pur valore e verità in tempi normali. Ma ora, seguire la ragionevolezza significava non vedere né «l'abisso del malvagio, né l'abisso del santo», mentre proprio di santi e malvagi si trattava, perché nel mondo, nella Germania di quegli anni, si aggiravano non caratteri da commedia, ma i personaggi delle tragedie di Shakespeare.

C'era il fallimento di chi pretendeva di affidarsi alla propria "coscienza" e finiva dilaniato e paralizzato dai suoi stessi conflitti, sicché rinunciava del tutto ad agire, per non compromettersi. C'era il fallimento di chi si trincerava dietro la "virtù privata", nel recinto di una vita familiare e professionale irreprensibile, e in tal modo era costretto a chiudere occhi e orecchie di fronte all'ingiustizia che lo circondava.

C'era il fallimento – e proprio questo era il caso di tanti servitori della patria che, pur ostili al nazismo, non avrebbero mai fatto ciò che aveva fatto Oster –dell'"uomo del dovere" che, scriveva Dietrich, con un esatto e sinistro presagio di ciò che sarebbe accaduto a tanti tedeschi, «alla fine dovrà compiere il suo dovere anche nei confronti del diavolo».

Prendere atto di questi fallimenti, mettere da parte le «armi arrugginite» ereditate dai padri, costava carissimo: era come se venisse meno «il terreno sotto i piedi». Lo scriverà a tre amici, a Natale, due anni dopo quella riunione notturna di Ettal, lo scriverà a quelli che erano ormai i suoi più stretti compagni di cospirazione, ad Hans, ad Oster e all'amico più caro, Eberhard. È una lunga lettera che è una sorta di bilancio, di testamento spirituale, di preparazione a gravi azioni future e a un destino che potrebbe essere tragico. Non c'erano forse mai stati nella storia – scrisse – degli uomini come loro, con così poco «terreno sotto i piedi», a cui tutte le alternative possibili nel loro tempo apparissero così insensate e ostili alla vita, che dovessero cercare la loro forza al di là di queste alternative e che tuttavia dovevano farsi carico di pensare e agire in modo responsabile perché si trattava della nascita di qualcosa di veramente nuovo. «La grande mascherata del male» aveva infatti scompaginato tutti i concetti etici.

Quella lettera era rivolta ase stesso, alla propria coscienza e alle anime affannate di tre amici che erano sulla soglia di decisioni e azioni gravissime e dalle conseguenze forse fatali; decisioni e azioni che non si potevano evitare, però, perché bisognava pensare e agire con la mente alla prossima generazione e non a se stessi e bisognava essere pronti ad andarsene ogni giorno dal mondo, senza paura e senza preoccupazione. Qualcuna di quelle azioni era già stata compiuta, peraltro, e di fronte a ciò che era stato già concepito, a ciò che già era stato fatto e al molto che restava da fare, in tutte quelle difficoltà, doveva sostenerli il pensiero che «è più facile soffrire obbedendo a un ordine dato da un uomo, che nella libertà dell'azione responsabile personale. È infinitamente più facile soffrire in comunione che in solitudine. È infinitamente più facile soffrire pubblicamente ricevendone onore, che appartati e nella vergogna. È infinitamente più facile soffrire mettendo a repentaglio la vita corporale che non nello spirito. Cristo ha sofferto nella libertà, nella solitudine, appartato e nella vergogna, nel corpo e nello spirito, e da allora molti cristiani con lui».

4.

La stazione della funivia è fra Grainau e Garmisch. Faccio il biglietto (che non è comunque regalato, si intende!). La signora alla cassa mi chiede se lo voglio andata e ritorno. Andata e ritorno, naturalmente, perché non ho in programma di pernottare lassù! Mi stacca il biglietto e mi chiede da dove voglio scendere, indicandomi su una mappa il percorso della funivia, muovendo il dito su di esso. Non capisco la domanda: per caso, il ritorno si può fare in paracadute? penso tra me. Le confermo che tornerò proprio su quella stessa funivia che sto per prendere e la vedo tranquillizzarsi.

Monto in cabina. C'è solo una coppia matura, ma presto arrivano altri passeggeri. Entrano anche tre uomini di mezza età con enormi zaini che lasciano cadere pesantemente sul pavimento della cabina. C'è n'è di gente che non fa il biglietto andata e ritorno, quindi! Finalmente partiamo. Mi sistemo accanto alla vetrata posteriore e mi godo il panorama che si fa sempre più affascinante. La vista è solo disturbata da un paio di enormi mosconi – non ne ho mai visti di così grandi! – che ronzano contro il vetro, noncuranti dello spettacolo.

Ecco che si arriva. Appena usciti dalla cabina, pochi passi e si è all'aperto, abbacinati dalla luce. C'è l'immancabile ristoro, con panche e tavoli di legno e gente che sorseggia grandi boccali di birra e mangia salsicce. A un estremo del ristoro, c'è un belvedere che dà sulla valle e sulle cime più basse ad oriente. La vista è stupenda, ma io cerco lui, lo *Zug* (che non sta per "treno", perché di quello si è già detto, ma per un affettuoso nomignolo con il quale ho ribattezzato la montagna tedesca)! Deve essere dall'altra parte. Mi volto, osservo bene, c'è una cima rocciosa che incombe proprio sul piccolo pianoro dove ci troviamo e più in là ancora dei sentieri. Alcune persone vanno e vengono da una specie di impalcatura di ferro e vetro protesa sull'abisso. Mi avventuro anche io, combattendo con le mie inguaribili vertigini. È un modo ingegnoso per spingersi in sicurezza all'estremo del pianoro e godersi il paesaggio a sudovest. Scatto qualche foto. Però, lo *Zugspitze* non si trova. A meno che non sia quella cima che ho visto prima e che domina proprio il piano-ro. Non mi pare, tuttavia, di riconoscere il venerando amico. Certo, visto da più vicino può anche cambiare fisionomia, ma se è quello allora la sensazione è come quando vedi dal vivo una favolosa diva del cinema e ti accorgi, deluso, che in realtà è una tracagnotta che si muove pure goffamente e, senza doppiaggio, ha una voce di cornacchia. Ma no, non può essere quello lo *Zug*: non ha proprio l'autorevolezza della montagna capobranco!

Tornando indietro dalla vertiginosa pensilina, noto l'i-scrizione sulla casa che funge sia da stazione funivia, sia da cucina del ristoro e da sala pranzo, quando è freddo. Dice: "*Restaurant Alpspitz am Osterfelderkopf (2033 m.) Selbst-bedienung – Self-service*".

Controllo, per sicurezza, la mia mappa. E no, i conti non tornano: L'*Alpspitze* è a 2628 metri e qui siamo seicento metri più in basso! La funivia ingannatrice ci ha portati al ristorante "Alpspitze" non alla vetta dell'*Alpspitze*! E il risto-rante, come dichiara la targa, si trova su un'altra cima, ben più bassa, l'"*Osterfeldkopf*". La "testa del campo dell'est" o qualcosa del genere, evidentemente perché siamo ad est dello *Zug* che qui condiziona ogni riferimento. Del resto, fossi stato più attento alla mia mappa, l'avrei capito da prima, perché il tracciato della funivia è chiaramente segnato e si vede che non arriva in cima all'*Alpspitze*! Errori da dilettante! Meno male che il posto è piacevole e la vista comunque affascinante.

Tirando le somme: non sono, dunque, sulla vetta dell'*Alpspitze*, ma al ristorante "Alpspitze", da cui si vede sì l'*Alpspitze* – che, deduco, è quella cima sgraziata e senza carisma qui davanti che per un attimo ho pensato potesse essere lo *Zug* – ma non si vede affatto lo *Zugspitze*, perché da qui in basso è nascosto dall'*Alpspitze* medesimo! Ma allora che sostanze aveva assunto monsieur *Routard* quando prendendo questa stessa funivia aveva visto lo *Zug*?

Forse bisogna salire qualche sentiero, per vederlo comparire. Studio ancora la mappa: da qui parte un solo sentiero, che scala proprio l'*Alpspitze*, ed è nero e pure tratteggiato. Traducendo dalla simbologia alpinistica: ci vorranno funi, chiodi e ramponi!

Getto uno sguardo alla segnaletica, che puntualmente si trova qui all'imbocco di ogni sentiero. Quello che va su, verso occidente, porta appunto all'*Alpspitze* (in 6 ore e 45 minuti…) passando, dice il cartello, per l'*Alpspitze-Ferrata*. E questo mi ricordo bene di averlo letto sulla mia *Kompass* (la guida dei sentieri): è un temibile percorso che, anche senza essere "tecnicamente difficile" (per alpinisti esperti, però, e io sono solo un avventuroso escursionista) richiede un'assoluta *Schwindelfreiheit*. Che significa che se soffri di vertigini e ti avventuri per la "Ferrata" puoi ben dire di aver avuto in anticipo la rivelazione della tua data di morte: quel giorno stesso!

Incerto sul da farsi, scelgo per il momento un'opzione che ha sempre il suo perché: vado a prendermi un boccale di birra! Poi, mi sistemo su una panca, girandomi verso la brughiera e la roccia su cui si erge il mediocre *Alpspitze*. Svolazzano corvi e vespe. Uno degli uccelli si piazza in cima al segnale che indica i sentieri e comincia a gracchiare, quasi ad attirare l'attenzione. Un paio di signore lo osservano divertite e puntano la macchina fotografica. Lui continua a gracchiare e a dimenarsi e pare aspettare che scattino più di una foto. Poi, soddisfatto, urla più forte e spicca il volo. Mi inebrio di più sensazioni, il gusto vellutato e l'aroma insistente del malto e del luppolo, l'inatteso calore del sole che convive con una brezza fresca e frizzante. Chiudo gli occhi.

A febbraio, Dietrich abbandonò il suo ritiro di Ettal per gettarsi pienamente nella rischiosa impresa a cui si sentiva ormai chiamato. Dietro il duplice schermo delle relazioni ecumeniche e dell'*Abwehr*, si recò più volte all'estero per stabilire personalmente contatto con quelli che potevano essere i referenti stranieri dei cospiratori. Andò tre volte in Svizzera, due volte in Svezia, una volta in Norvegia, una volta in Italia.

Il secondo viaggio in Svezia – paese neutrale come la Svizzera – fu il più importante di tutti, perché qui ebbe modo di incontrare il già citato vescovo inglese Bell, che stava svolgendo un'intensa attività, anche come membro della Camera dei Lord, per convincere il suo governo a recedere dalla posizione inflessibile che aveva assunto. Lo scenario era radicalmente mutato rispetto al periodo in cui si erano svolte le precedenti trattative e dopo la disfatta della Francia e gli attacchi aerei della *Luftwaffe* alla Gran Bretagna. Churchill, che era subentrato a Chamberlain, non voleva sentir parlare di altro che di resa incondizionata e di prosecuzione della guerra fino alla totale sconfitta della Germania. Questa posizione, pur comprensibile nell'ottica britannica, era davvero nefasta per le possibilità della cospirazione. Vi erano, infatti, nelle forze armate, generali ed alti ufficiali che, sebbene critici nei confronti del nazismo, sebbene sempre più preoccupati per le sorti del conflitto e quindi del paese, prima di decidersi ad un passo gravissimo e rischiosissimo come un tentativo di colpo di stato, pretendevano garanzie e impegni concreti da parte degli inglesi: vi era la disponibilità a riconoscere, dopo la liquidazione di Hitler e del nazismo, un nuovo governo tedesco? E a quali condizioni si sarebbe potuto ottenere un armistizio? Attraverso il vescovo Bell si trattava di sondare le reali intenzioni del governo britannico e di far giungere a Londra una sorta di memorandum come possibile base di accordo.

Bell, in Svezia, venne quindi raggiunto da due emissari della resistenza tedesca. Uno dei due era appunto il nostro teologo (l'altro era una figura più "politica"). Dopo questi colloqui, il vescovo chiese e ottenne di essere ricevuto dal Ministro degli Esteri del suo paese, Eden. Quest'ultimo, alla fine del colloquio, si mostrò «molto interessato» ma, una quindicina di giorni dopo, scrisse a Bell frasi raggelanti: senza mettere in dubbio la buona fede degli interlocutori tedeschi del vescovo – e pur convinto, quindi, che non si trattava di spie di Hitler e di doppiogiochisti – Eden scriveva che nell'interesse della nazione non era opportuno inviare loro una qualsiasi risposta.

Bisogna tener conto, per onestà, di due cose: primo, aprire una trattativa unilaterale con esponenti della "resistenza tedesca" avrebbe messo in seria difficoltà la Gran Bretagna nei confronti di Stalin – che già era sdegnato per la mancata apertura del "secondo fronte"; in secondo luogo, è un fatto che fino a quel momento oltre la Manica non si fosse potuto rilevare alcun segno di vita di una resistenza tedesca. Così, però, si cadeva in un circolo vizioso: più appariva rigida la posizione degli Alleati, più esitante si mostrava chi avrebbe dovuto unirsi al colpo di stato e questa debolezza dell'opposizione, a sua volta, convinceva gli Alleati dell'inconsistenza di qualunque alternativa al nazismo.

Per uscire dall'*impasse*, i cospiratori potevano solo capovolgere la successione delle loro azioni, rispetto a come, fino a quel momento, l'avevano concepita: bisognava prima uccidere Hitler e gli altri capi nazisti e poi cercare un approccio risolutivo con gli inglesi. Ma ciò riportava in primo piano i ben noti problemi di coscienza.

Paradossalmente, toccò proprio a Dietrich confortare e rinsaldare gli altri nella determinazione assunta, toccò a lui che era un pastore, che era l'unico uomo di chiesa fra loro e che, si sarebbe potuto pensare, avrebbe dovuto essere il più riluttante.

Possiamo immaginare che abbia usato anche con loro la metafora con la quale, tempo dopo, rispose a un tale che gli chiedeva come potesse un uomo di chiesa e di fede partecipare a una cospirazione politica che prevedesse anche lo spargimento di sangue: «Quando un pazzo lancia la sua auto sul marciapiede» disse, «io non posso, come pastore, contentarmi di sotterrare i morti e consolare le famiglie. Io devo, se mi trovo in quel posto, afferrare il conducente al volante».

E non si trattava certo di una esemplificazione solo teorica dell'"azione responsabile": con Hans, una volta, Dietrich si mostrò persino disposto a concludere personalmente l'attentato ad Hitler. Ma ne sapeva troppo poco di esplosivi per poterlo fare davvero.

La sua metafora, comunque, dà oggi i brividi, perché la bestia che pensavamo di aver liquidato per sempre ritorna sotto altra maschera, con altri vessilli, altri slogan, ma è sempre lei. E per massacrare innocenti talora usa proprio guidatori "impazziti". E tuttavia, certe anime belle e pie del giorno di oggi hanno dimenticato la lezione: piangono le vittime, con lacrime inutili, ma si scandalizzano se qualcuno parla di saltare addosso al guidatore. Anzi, per evitare il rischio dell'azione responsabile, occultano anche il fatto che l'auto abbia un conducente. Così sentiamo celebrati giornalisti parlare di "un tir suicida". Un tir senza guidatore. E anche questa, in fondo, è una involontaria metafora: ci si rifiuta di riconoscere e di definire il nemico. Anzi, se parli di "nemico" trovi sempre qualche buon cristiano, evidentemente più cristiano di Dietrich, che ti redarguisce severamente, ricordandoti le parole di Gesù. Come se Gesù, quando invitava a porgere l'altra guancia, intendesse non la propria, ma quella degli altri! Buonisti con il sangue degli altri! La potente parola di Cristo, la sua parola che è spada e fuoco, addomesticata, edulcorata, ridotta a melassa retorica. Come se, per dirla con Leonhard Ragaz– un altro cristiano che un po' assomigliava a Dietrich, anche lui teologo e pastore evangelico – Gesù avesse invitato i suoi discepoli ad essere lo zucchero e il miele della terra. Niente affatto: i cristiani devono essere il sale della terra e non un dolcificante per giunta artificiale, devono essere il sale e non il dietor!

Si procedette così alla preparazione del "tirannicidio". Il 13 marzo del 1943 era in programma una visita di Hitler allo stato maggiore dell'esercito, a Smolensk, nella Russia occupata. Due giorni prima, Eberhard, l'amico più caro di Dietrich, aveva accompagnato alla stazione Hans, proprio con la macchina del padre di Dietrich. Sapeva che Hans doveva prendere un treno notturno per la Prussia orientale e raggiungere l'ammiraglio Canaris. Quello che invece non sapeva era che Hans, nella sua valigia, nascondesse uno speciale esplosivo inglese in dotazione *all'Abwehr*. Giunto nella Prussia Orientale, Hans salì sull'aereo di Canaris e volò a Smolensk, dove consegnò l'esplosivo nelle mani di altri due congiurati. Costoro lo sistemarono sull'aereo che Hitler doveva usare per ritornare indietro, dopo la visita all'esercito. Hitler, effettivamente, prese quell'aereo ma atterrò incolume in Prussia: l'innesco dell'esplosivo non aveva funzionato.

Tuttavia, i cospiratori non si persero d'animo. Pochi giorni dopo, in occasione di un'altra manifestazione pubblica a cui doveva intervenire Hitler, un ufficiale dell'*Abwehr* avrebbe dovuto lanciare contro di lui due bombe, che si sarebbe portato in tasca.

Era una domenica mattina e tutta la famiglia di Dietrich era riunita per provare i canti per la prossima festa di compleanno del padre, che compiva 75 anni. Dietrich suonava il piano, il fratello Klaus il violoncello, un altro cognato il violino e Hans era nel coro. Hans, mentre cantava, guardava con ansia l'orologio; anche la moglie Christine, al corrente di tutto, era assai agitata. Attendevano la telefonata decisiva con la notizia della morte di Hitler e il via libera al colpo di stato. Quella telefonata non arrivò. Hitler, invece della mezz'ora preventivata, si era trattenuto sul posto soltanto sette od otto minuti e l'ufficiale che doveva ucciderlo non aveva avuto neanche il tempo di avvicinarsi e innescare le bombe.

È tempo, ormai, di scendere a valle: il pomeriggio è appena cominciato, le giornate sono incredibilmente lunghe e il tempo invoglia ad un'altra breve escursione. Proprio accanto alla stazione di partenza della funivia dell'*Alpspitze*, c'è un'altra funivia che sale a *Kreuzeck*, 1650 metri e nient'altro che una stazione di arrivo. Da qui, però, vi è un altro sentiero che porta fino in cima all'*Alpspitze*, da un altro versante. Anche questo è un sentiero "nero" ma nella prima parte è praticabile senza speciali attrezzature, al di fuori, è ovvio, degli scarponi e dei bastoni da trekking, e non è "esposto". Questo primo tratto porta, in tutta tranquillità, all'*Hochalm*, un alpeggio, promettendo grandiosi panorami. Entusiasta del nuovo programma, mi avvio verso la cabinovia per scender giù e risalire con l'altra funivia. Vedo che ci sono già delle persone a bordo e mi affretto a saltar su anche io. Appena in tempo, perché un fischio annuncia la chiusura delle porte e si inizia la discesa! Mi godo il panorama dal vetro posteriore, senza mosconi, stavolta. Però, noto che non sono solo i mosconi a mancare: non c'è neanche il macchinista! In discesa è forse tutto automatico? Neanche il tempo di riflettere sulla stranezza della cosa e di gettare un altro sguardo fuori ed ecco che siamo già arrivati! E da dove salta fuori ora questa stazione intermedia? Forse è una tappa che si fa solo in discesa… però, le porte si aprono e scendono tutti. Un po' disorientato, scendo anche io e mi guardo intorno: certamente non siamo a valle! Ma dove siamo? C'è un magnifico panorama, non c'è che dire, i prati, le rocce delle cime più vicine, l'azzurro di quelle più lontane. In basso, ecco un caseggiato: tavoli, ombrelloni e gente che beve e che mangia; sul prato addirittura dei lettini per sdraiarsi al sole! Si legge la scritta sotto il tetto a spiovente: *Hochalm*, 1705 metri! Ma è l'alpeggio che doveva essere la meta della mia escursione! Ed è qui a poche centinaia di metri sotto la funivia! Gli altri passeggeri lo stanno già raggiungendo, percorrendo il ripido sentiero.

Sono stordito ma mi concentro e faccio il punto della situazione: nella fretta di saltar su in cabina ho preso un'altra funivia! Ecco l'assenza del macchinista e dei mosconi! E difatti ora noto anche la scritta sulla stazione d'arrivo: *Hochalmbahn*, funivia dell'*Hochalm*! E invece dovevo prendere, o meglio riprendere, l'*Alpspitzbahn* e, giunto a valle, salire sulla *Kreuzeckbahn* fino alla *Kreuzeckhaus*, da dove un sentiero mi avrebbe portato su all'*Hochalm*, in cui invece sono già arrivato e senza muovere un passo! Mi gira la testa: non sempre c'è bisogno di camminare sui precipizi per farsi venire le vertigini!

Poco male: convinco il mio cervello che in realtà lui è il navigatore di *google maps*. E che cosa fa il navigatore di *google maps* quando finiamo fuori strada? Ridetermina il percorso! Non è poi così difficile: quella che doveva essere la mia meta – l'*Hochalm* – diventa il punto di partenza. Da qui scenderò alla *Kreuzeckhaus* e prenderò la *Kreuzeckbahn* in discesa e non in salita come avevo preventivato. Una volta giunto a valle, troverò la mia Cinquecento al parcheggio dell'*Alpspitzbahn* dove l'ho lasciata stamattina, ossia proprio accanto alla stazione della *Kreuzeckbahn*.

Soddisfatto della mia risoluzione che tra l'altro, senza volerlo, mi trasforma una salita in una discesa, penso di premiarmi mettendo finalmente qualcosa di solido nello stomaco, oltre ad una imprescindibile seconda birra. Mi accomodo ad uno dei tavoli dell'alpeggio, in mezzo ad altra gente con zaini e bastoni da trekking. In questi posti si ha sempre l'impressione di far parte di una sorta di comunità di eletti, che si riconosce da certi segni distintivi nell'abbigliamento! Uno sguardo al menu, ricordando che non sono alla fine ma all'inizio della mia camminata e devo tenermi leggero. E qui per tenersi leggero c'è una e una sola possibilità: una ricca insalata mista, senza farsi tentare da salsicce o *sp*ätzle al formaggio! Per parecchi italiani le insalate sono una delle croci dei loro viaggi in Germania e una delle occasioni di maledire il popolo ospitante e la sua cucina. La ragione è che in Germania le insalate sono immancabilmente condite con una emulsione a base di yoghurt e non con olio e aceto. Ma io sono eccentrico: a me il condimento allo yoghurt piace moltissimo ed è anzi uno dei motivi per ordinare l'insalata! La birra arriva subito – una *dunkel* stavolta – e neanche l'insalata si fa attendere molto. Porto felice alla bocca la prima forchettata e… orrore! È condita con l'aceto! Ma è possibile che sono incappato nell'unico posto dove condiscono l'insalata con l'aceto, questo alpeggio sperduto fra le alpi bavaresi?

Comunque, devo dire che l'*Alpspitze*, visto da qui, stabilita un po' più di distanza, fa anch'esso la sua figura. La discesa verso l'altra funivia è ripida solo a tratti e il sentiero è piuttosto largo, anzi verso la fine è quasi una carrozzabile. Ed è proprio in quest'ultima parte che ci sono ripetuti punti panoramici, in qualche caso anche con la tabella che aiuta a distinguere le varie cime che si profilano all'orizzonte. La vista è davvero gloriosa.

5.

Negli intervalli fra un viaggio e l'altro, Dietrich abitava a Berlino, nella casa di famiglia della *Marienburger Allee*. Fu proprio in queste occasioni che poté rendersi conto coi suoi occhi di come l'orrore fosse giunto fino a lì e persino nell'idilliaco quartiere residenziale di Grunewald dove sorgeva la casa e dove egli era cresciuto. Da tempo, purtroppo, non poteva avere più dubbi su ciò che stava accadendo nei territori occupati della Polonia, della Russia e della Francia: gli ebrei erano presi, caricati su treni merci e deportati in campi di concentramento. Ora, rastrellamenti e deportazioni avvenivano anche lì, persino a pochi isolati dalla casa dei genitori e coinvolgevano anche conoscenti suoi e della sua famiglia.

Il gruppo dei cospiratori, è bene sottolinearlo, non si limitava alla trama diplomatica e ai progetti di colpo di stato, ma operava fattivamente per proteggere e tutelare, per quanto possibile, le persone fatte oggetto della feroce repressione del regime. Per esempio, i pochi pastori irriducibili della chiesa confessante che erano rimasti. Ora, l'*Abwehr*, per iniziativa meritoria dello stesso Canaris, concepì e portò a termine con successo un'azione tesa a salvare alcuni ebrei, facendoli rifugiare in Svizzera, nella quale fu coinvolto anche Dietrich. Inizialmente, la cosa prese il nome di «Operazione 7», perché si trattava soltanto di sette ebrei, ma alla fine i salvati furono di più. Uno dei paradossi di tutta questa vicenda è che le azioni più gravi e rischiose, i falliti attentati e la rete di relazioni intrecciata per trattare le condizioni dell'armistizio con i nemici della Germania, non ebbero un esito felice ma, un po' per fortuna, un po' per l'accortezza di tutti, un po' per la copertura di Canaris e dell'*Abwehr*, non compromisero, almeno al momento, nessuno dei cospiratori, mentre questa limitata, anche se molto significativa operazione di salvataggio di un piccolo numero di ebrei, che ebbe risultati pienamente soddisfacenti, doveva avere fatali conseguenze.

Dietrich e gli altri erano del resto ben coscienti dei rischi che stavano correndo e quindi moltiplicavano le precauzioni ma si rendevano conto che la Gestapo sarebbe potuta arrivare a loro seguendo innumerevoli piste e le molte tracce che comunque erano obbligati a lasciare.

Tuttavia, nella casa della *Marienburger Allee*, tra i suoi familiari, Dietrich trovava ancora una completa serenità e si poteva pensare ancora ad organizzare una festa di famiglia come ai vecchi tempi, o quasi.

Il 31 marzo 1943 si festeggiò dunque il 75° compleanno del padre di Dietrich, Karl, il celebre psichiatra; figli e nipoti suonarono e cantarono per lui in un'atmosfera di grande letizia. Cinque giorni dopo, Dietrich provò a telefonare alla sorella Christine ma gli rispose la voce sconosciuta di un uomo. Non era la voce di Hans. Dietrich pensò subito che fosse in corso una perquisizione domiciliare, ne restò turbato, ma non più di tanto: erano inconvenienti con i quali avevano ormai imparato a convivere e Hans era abbastanza accorto da farsi trovare con nulla di compromettente. Pertanto, pranzò con la sorella Ursula e il cognato Rüdiger e poi, senza fretta, salì nella sua stanza per controllare lettere, libri e documenti sulla scrivania, nell'eventualità che arrivasse anche lì una perquisizione. Quindi si trattenne con Ursula, con Rüdiger e con l'amico Eberhard, che li aveva raggiunti, in attesa di notizie di Hans e dell'altra sorella. Giunse, invece, il padre da sotto: «Ci sono due uomini che vorrebbero parlare con te in privato» gli disse. Dietrich pensò probabilmente alla non inattesa perquisizione. I due uomini erano il capo del tribunale militare e un agente della Gestapo. Non gli fecero domande e non frugarono nemmeno fra le sue cose, per il momento. Lo portarono via. Il cognato Hans e l'avvocato Josef Müller erano già stati arrestati e la Gestapo stava andando a prendere anche Oster.

Un anno fa ero a Berlino. Non andai a Tegel, dove sorgeva il carcere militare nel quale rinchiusero Dietrich, quel 5 di aprile. A Tegel oggi c'è l'aeroporto, uno degli aeroporti della città, ma io non vidi neanche quello, perché il mio volo atterrò e ripartì da Schönefeld. A Tegel, il carcere non c'è più e credo resti poco o nulla che lo ricordi. Io non prediligo Berlino, anche se oggi è così trendy amarla. Passeggiare per Berlino è come camminare su una grande contraddizione: da un lato uno sforzo titanico per seppellire il passato – un passato che, tuttavia, non vuole saperne di passare, come ebbe a dire un grande storico – un impegno strenuo per celare o mimetizzare anche quel poco che l'immane distruzione bellica ha risparmiato. Dall'altro lato, l'affiorare improvviso dell'orrore nazista, in alcuni specifici «monumenti della memoria», ove il passato è invece coltivato con un'enfasi e un'ostentazione che, dietro l'evidente intento pedagogico, tradiscono irrisolti sensi di colpa. Certo, si può visitare Berlino inconsapevoli o almeno immemori di quello che è stato e magari limitarsi alla visita rituale ad uno o due di questi monumenti della memoria. Quest'atteggiamento, che sia di positiva leggerezza o di superficialità, mi è però precluso, quantomeno per deformazione professionale. È così l'aria di Berlino mi risulta alquanto greve.

Abitavo, per caso, in *Oranienburgerstrasse*, proprio accanto a un grande magazzino in disuso, adibito ora a ritrovo, centro sociale e centro culturale per hippy e alternativi del XXI secolo; abitavo al limite dello *Scheunenviertel* – il "quartiere dei granai" – un tempo periferia della città, dove vivevano solo immigrati, emarginati, irregolari. A breve distanza dal mio alloggio si stagliava una singolare cupola in stile moresco-bizantino. Incuriosito, andai ad osservarla da vicino: senza saperlo ero capitato proprio vicino alla *Neue Synagoge*, un tempo la più grande sinagoga della Germania. Come molte altre dell'Europa centrale, era stata costruita poco dopo la metà del XIX secolo, nell'era delle grandi speranze per la comunità ebraica, nell'epoca dell'"emancipazione". L'Occidente illuministico e liberale aveva illuso gli ebrei e molti di essi si erano lasciati illudere: avevano creduto che fosse possibile acquisire finalmente i pieni diritti civili, diventare cittadini a tutti gli effetti del paese in cui vivevano in diaspora, in assoluta parità di condizione con gli altri cittadini, conservando, tuttavia, la propria identità storica, culturale, linguistica e religiosa. La *Neue Synagoge* risaliva alla stessa epoca di altre grandi sinagoghe della Mitteleuropa, come quella di Budapest. In tutte si riscontra la medesima idea architettonica: sono costruzioni che devono ricordare, sia all'esterno che all'interno, le grandi basiliche cristiane, salvo le ovvie differenze dovute alla diversa organizzazione del culto (con *l'aròn,* l'arca-armadio che contiene i rotoli della Torah, al posto dell'altare delle chiese cattoliche e del tavolo della Bibbia e della Santa Cena di quelle protestanti). Questa assimilazione alle chiese cristiane (che poi a loro volta in origine avevano seguito il modello delle sinagoghe: la storia fa a volte degli strani circoli!) alludeva alla piena integrazione degli ebrei nel tessuto civile ed anche urbano dell'Occidente. Ma queste speranze crollarono in breve tempo: proprio qui, a Berlino, in *Scheunenviertel*, alla fine del XIX secolo, accorsero migliaia di ebrei provenienti dall'Europa orientale, dove le persecuzioni – i *pogrom* – erano già cominciate. Berlino poteva sembrare ancora un approdo sicuro, ma tutti sappiamo che questa era un'altra e ancor più tragica illusione. Anni dopo, durante la "notte dei cristalli", i nazisti saccheggiarono e devastarono la sinagoga, anche se non riuscirono a incendiarla (sarebbe stata comunque distrutta dai bombardamenti alleati, sicché quella di oggi è ricostruita).

Come sappiamo, Dietrich visse, da impotente spettatore, quelle tragiche giornate che fecero maturare in lui la convinzione che occorreva saltare al collo del guidatore impazzito e strappargli il volante. Pochi anni dopo, tornato a Berlino, si trovò nel mezzo delle prime deportazioni di massa verso i lager.

Quando si cammina per *Scheunenviertel* e si sta ben attenti a dove si mettono i piedi non si tarda a scorgere delle targhette commemorative sulle pietre dei marciapiedi – le *Stolpersteine*. Segnalano i punti in cui sorgevano le case degli ebrei, con i loro nomi, l'età e il lager dove furono deportati e quasi sempre morirono.

Mentre arrestavano Dietrich, a parecchia distanza da Berlino, in una grande tenuta della Prussia orientale, una ragazza scriveva come ogni giorno il suo diario, rivolgendosi idealmente all'uomo al quale era fidanzata da pochissimi mesi e con il quale non poteva avere contatti diretti. La tenuta era quella di Klein Krössin e la ragazza era Maria, era quella ragazza con i capelli sempre legati e lo sguardo da donna fatta, la nipote della vecchia e colta signora che era diventata corrispondente, interlocutrice intellettuale e infine anche sincera amica di Dietrich. Non bisogna pensare che vi fosse qualcosa di illecito e di clandestino nella loro relazione, che anzi era la più pura e limpida che si potesse immaginare. Il fatto è che la differenza di età fra i due era rilevante. Lui era un uomo maturo, anche se ancora giovane – aveva 37 anni – ed era già ricco di esperienze; era un famoso teologo e, anche se pochi lo sapevano, era pure impegnato in un audace progetto di cospirazione politica. Lei, Maria, aveva ricevuto un'ottima educazione, leggeva tantissimo, si dimostrava più matura dei suoi anni, ma di anni ne aveva comunque soltanto 18. La madre di Maria aveva quindi delle comprensibili perplessità sull'intenzione di sposarsi che i due le avevano manifestato. Il padre di Maria non c'era più: era morto quell'estate sul fronte orientale e nello stesso periodo Maria aveva perso in guerra anche un fratello.

La madre temeva dunque che quella di Maria fosse un'infatuazione passeggera, come capita soprattutto nei periodi in cui siamo più deboli e avvertiamo più acuto il bisogno d'amore. E quello certamente era uno di quei periodi per Maria, visto il grande dolore che l'aveva colpita quando erano stati strappati dal mondo il padre e il fratello. La madre pose allora come condizione ai due fidanzati di astenersi per un anno da ogni contatto, per vedere che cosa ne sarebbe stato del loro presunto amore. Pertanto, non venne neanche reso pubblico il loro fidanzamento. Sono storie di altri tempi, certo, e anche in quei tempi soltanto di certi ambienti e certi luoghi. I due prossimi fidanzati, per la verità, infransero più volte il divieto ma comunque i loro scambi furono molto limitati e neanche una volta restarono soli.

Quel 5 aprile, dunque, mentre Dietrich veniva portato via dalla Gestapo, la sua giovane fidanzata, che era ignara di tutto, apriva il suo diario, come faceva ogni giorno. Come per un presentimento, scrisse questa frase: «È successo qualcosa di brutto? Sento che è successo qualcosa di molto brutto...»

Dal mio albergo della *Oranienburgerstrasse* mi ero anche fatto un piacevole itinerario per arrivare fino ad *Unter den Linden*, il grande viale alberato che termina alla Porta di Brandeburgo, scenario di tutta la storia che è passata per Berlino. Attraversavo stradine tranquille, lungo la Sprea e su per i suoi ponticelli. La Sprea è, in fondo, un fiumiciattolo rispetto ai colossi fluviali che attraversano altre capitali ma ha un suo fascino discreto. Il mio itinerario sboccava infine su *Unter den Linden* in corrispondenza del grande palazzo neoclassico dell'Università *Humboldt*. Qui avevano studiato tra gli altri Marx ed Engels e avevano insegnato i filosofi Fichte ed Hegel – che anzi da questa Università aveva diretto e per taluni anche oppresso tutta la cultura non solo tedesca ma europea per quasi quindici anni – e i fisici Planck ed Einstein. Ma qui, soprattutto, aveva studiato anche il nostro Dietrich e qui aveva avuto una libera docenza e tenuto corsi per diversi anni, prima che l'insegnamento gli fosse precluso.

Alla fine del viale, come tutti sanno, c'è *Pariser Platz* su cui si apre la gigantesca Porta di Brandeburgo. Dinanzi al grande monumentostoria è neutralizzata dai turisti, in un'orgia di foto, e dal gossip mondano. Sul lato sinistro della piazza, guardando alla Porta, c'è l'Hotel Adlon, che ha ospitato ogni sorta di vip, da Chaplin, a Greta Garbo, a Caruso, fino a Michael Jackson che un giorno "espose" alla folla il suo bambino da una delle finestre. Di fianco al lussuoso albergo, ecco, però, che la storia non è più neutralizzata o addomesticata, ma rimossa. Inizia qui una lunga arteria che ha nome *Wilhelmstrasse*. Pochi turisti lasciano *Pariser Platz* e la Porta di Brandeburgo per percorrerla. Ma io ero condannato a farlo. *Wilhelmstrasse*, dall'unificazione tedesca alla caduta di Hitler, è stata la strada dei Ministeri e degli uffici governativi. Oggi, solo delle targhette seminascoste da alberi e automobili segnalano il luogo dove sorgevano i vari edifici che andarono distrutti sotto le bombe. Non tutti, però, perché paradossalmente proprio il Ministero dell'Aviazione, di quella *Luftwaffe* che aveva cominciato per prima a praticare sulle città inglesi la criminale strategia dei bombardamenti a tappeto, proprio il ministero di Göring fu stranamente risparmiato e restò in buona parte in piedi, ergendosi spettrale sulle macerie della città fino all'arrivo dei sovietici.

Anche il palazzo della Cancelleria, che Hitler volle ingrandire a dismisura a simbolo della potenza del Terzo Reich e soprattutto della sua personale potenza, si affacciava su un angolo di *Wilhelmstrasse*, ma si estendeva poi lungo una strada che la incrocia, un po' anonima oggi, con ancora edifici di inconfondibile edilizia tedesco-orientale. Questa zona, infatti, era a Berlino Est, ma in prossimità del Muro, sicché per anni è rimasta in uno stato di abbandono e di degrado.

Sotto il colossale edificio della Cancelleria, l'uomo che i cospiratori cercavano di uccidere si era fatto costruire un bunker. Qui passò gli ultimi mesi e qui si suicidò insieme ad Eva Braun. Le autorità sovietiche e poi tedesco-orientali si affrettarono a distruggere il bunker e cercarono per anni di occultare persino il luogo dove sorgeva. Solo nel 2006 è stata posta una scarna lapide commemorativa. Feci fatica a trovarla: è nascosta in un parcheggio di auto.

Ma ecco che a pochi passi, ritornando verso la Porta di Brandeburgo, appare una specie di labirinto all'aperto, ove, al posto degli specchi, vi sono 2700 parallelepipedi di cemento. È l'opera controversa di un architetto di New York a memoria dell'Olocausto, il passaggio dalla storia rimossa e persino occultata alla memoria enfatizzata. Visto da fuori è una stravaganza, ma bisogna riconoscere che aggirarsi e perdersi tra quei blocchi dà sensazioni potenti, un senso di oppressione innanzitutto, e costringe quasi, in un ripiegamento su se stessi, a meditare sull'orrore.

Quegli arresti del 5 aprile facevano pensare subito all'eventualità peggiore, e cioè che tutta la trama cospirativa fosse stata scoperta. In tal caso, Dietrich, Hans, Oster, Müller e gli altri sarebbero stati subito interrogati e torturati per carpir loro i nomi degli altri complici e ogni altra informazione utile; quindi sarebbero stati sommariamente processati e fucilati. Per fortuna, le cose non erano giunte a questo punto. La Gestapo non immaginava neanche su che cosa avesse messo le mani. L'indagine era nata da un episodio del tutto fortuito. Un uomo d'affari di Monaco, il signor Schmidthuber, era stato arrestato per aver esportato di contrabbando della valuta tedesca. Erano soldi destinati agli ebrei riparati in Svizzera grazie all'«Operazione 7» e Schmidthuber era in realtà un agente dell'*Abwehr*. Dato che non aveva ricevuto immediatamente la copertura di Canaris che egli si attendeva, indispettito, si era messo a raccontare alla Gestapo un po' di cose sulle operazioni svolte dall'Ufficio di Monaco.

Erano elementi ancora piuttosto labili per una condanna e che non scoperchiavano tutta la trama, anche se sufficienti per una incriminazione. Fu soprattutto l'occasione e il pretesto per incominciare un regolamento di conti interno al regime: l'*Abwehr* e, in particolare, l'Ammiraglio Canaris erano da tempo invisi alla Gestapo e all'Ufficio centrale di sicurezza, desiderosi, se non addirittura di liquidarli, almeno di screditarli e ridimensionarli. Tuttavia, la Gestapo non aveva l'autorità di far nulla contro l'*Abwehr*, che era pur sempre l'alto spionaggio militare, o almeno, per agire, aveva bisogno ad ogni passo dell'autorizzazione del Feldmaresciallo Keitel, il Comandante supremo dell'Esercito.

Tutto ciò era ben noto ai prigionieri che, man mano che si resero conto che la congiura vera e propria non era ancora nota, cominciarono una lunga, logorante, mortale partita a scacchi con le autorità naziste, perché non fosse scoperto ciò che era ancora segreto, perché non fossero coinvolte altre persone e per dar tempo a chi era rimasto libero di agire e di arrivare finalmente all'uccisione di Hitler e al mutamento di regime che avrebbero significato la fine dell'incubo. Una

partita che, però, ciascuno sembrava dover giocare da solo e
per conto suo, con il rischio di contraddirsi l'un l'altro. Essi,
però, avevano messo in conto da tempo la possibilità di essere
arrestati e interrogati e avevano concordato e stabilito alcune
cose fondamentali. Per esempio, che Hans avrebbe dovuto
farsi carico di tutto ciò che fosse stato irrimediabilmente
scoperto, scagionando, per quanto possibile, tutti gli altri.

Una domenica mattina, dopo che il giorno prima ero stato
rapito dall'"isola dei musei", che poi è la Berlino davvero
imperdibile, ed ero stato affascinato dall'Altare di Pergamo
e dalla porta del Mercato di Mileto, incantato dai fregi della
"Strada delle processioni" e infine ammaliato dalla regina
Nefertiti, da cui credetti di non poter più staccare gli occhi,
avevo programmato una corsa nel *Tiergarten* per riprendermi
dal rapimento estatico. Il *Tiergarten* altro non è che il famoso
zoo di Berlino di Christiane F. ed è oggi un immenso, magnifico parco che si apre proprio dietro la Porta di Brandeburgo.
Quando il Muro separava la città, qui cominciava Berlino
Ovest, qui si entrava nel mondo "libero" e nel capitalismo e
lo "zoo" ne era l'avamposto, nel bene e nel male.
La pioggia mi sconsigliò però l'allenamento: con la vi-
siera del cappellino impermeabile calata sugli occhi non mi
sarei goduto gli alberi e i viali del parco. E così decisi di
anticipare la visita che mi ero riservato per l'ultimo giorno:
presi la linea 7 della metro che, in direzione ovest corre quasi
sempre in superficie, attraversai quartieri residenziali, parchi
e veri e propri boschi e scesi alla fermata di *Heerstrasse*, che
poi è quella appena prima del villaggio olimpico (teatro di
un'altra funesta pagina di storia nel 1972). Con una breve
camminata e stando attento alla cartina cercai *Marienburger
Allee*. Per arrivarci da una stradina parallela, imboccai un
viottolo acciottolato: sembrava di essere in campagna e non

in una delle principali metropoli europee. Le case erano tutte graziose villette con piccoli giardini. Questa zona, quartiere della borghesia intellettuale e benestante già all'inizio del Novecento, era rimasta ad Ovest, dopo la guerra, e così le villette si erano salvate e non avevano dovuto cedere il posto ai tetri edifici di edilizia popolare socialista. Io cercavo quella al numero 43.

6.

Dietrich venne scaraventato nella cella numero 92 del carcere militare di Tegel. La prima notte, disteso sul tavolaccio che faceva da letto, soffrì il freddo perché le coperte avevano un «tanfo bestiale», tanto che era impossibile utilizzarle. La mattina dopo gli venne gettato un pezzo di pane che fu costretto a raccattare sul pavimento, mentre dall'esterno riecheggiavano gli insulti del personale di guardia. Per dodici giorni restò in completo isolamento, senza neanche la mezz'ora d'aria, non poté scambiare parola con nessuno, né fumare, né avere giornali. La sua cella venne aperta solo per il cibo e per portare via il bugliolo con gli escrementi. Dopo questi primi giorni, divenuti noti i suoi rapporti di parentela con il generale Paul von Hase, si verificò un notevole miglioramento delle condizioni di prigionia, cambiamento che, però, il teologo non poté che giudicare «obiettivamente vergognoso», date le sue motivazioni. Egli, comunque, rifiutò, per quanto possibile, di usufruire di trattamenti privilegiati rispetto agli altri detenuti, (come una razione più abbondante di vitto) e fu molto infastidito dalla «servile cortesia» usata nei suoi confronti.

Gli venne concesso di scrivere, ma inizialmente solo ai genitori e ogni quindici giorni. Era solo attraverso queste lettere al padre e alla madre che per mesi poté far giungere un qualche messaggio alla sua giovane e angosciata fidanzata.

La sua vita si era improvvisamente spezzata e questa frattura gli pesava molto più delle sofferenze e delle privazioni materiali. Ma di questo non poteva certo parlare ai genitori, né a Maria, quando gli fu concesso di scriverle. Cercava piuttosto di tranquillizzare tutti e anche per questo fu per lui un sollievo quando a novembre trovò un canale clandestino per comunicare con l'amico Eberhard: a lui poteva «dire tutta la verità», quella verità che doveva invece «avere cura di risparmiare» ai genitori e a Maria.

Una verità che era appena balenata in una lettera ai genitori, quando aveva scritto che adesso gli era chiaro che cosa intendessero la Bibbia e Lutero quando parlavano di 'tentazione'. «La pace e la calma che ti sostenevano vengono scossi d'improvviso» e «avverti davvero come un'irruzione dall'esterno, delle potenze malvagie, che ti vogliono strappare le cose decisive», le cose più care.

Una verità che spesso taceva anche ad Eberhard, salvo rari momenti di totale confessione, in cui, dopo tante frasi rassicuranti, rivelava quanto orrendo fosse in realtà il carcere.

In questo primo periodo di prigionia, Dietrich pensò insistentemente al suicidio. Egli era capace da solo di diagnosticare la sua "malattia spirituale", quella che oggi sarebbe definita sbrigativamente come "depressione". Si trattava di un male che non gli era nuovo, che lo aveva afflitto, come sapeva Eberhard, anche in altri periodi della sua vita, ma che ora evidentemente lo assaliva in modo ben più violento e pericoloso. Egli lo definiva *acedia-tristitia* e ne conosceva anche le «minacciose conseguenze», ossia il pensiero del suicidio. Era la tentazione, aveva scritto in un saggio qualche anno prima, che si suole chiamare *desertionem gratiae,* «quando il cuore dell'uomo non sente più niente altro se non che Dio lo ha abbandonato con la sua grazia e non lo vuole più». L'*acedia* ha un potere distruttivo, in quanto spinge l'uomo nella solitudine; tutto appare senza senso, tutto vano, ed egli si sente caratteristicamente abbandonato: abbandonato dagli altri uomini, abbandonato dalle proprie stesse forze, abbandonato da Dio. È la paradigmatica situazione di Giobbe.

All'amico, mesi dopo, confesserà pure, tuttavia, che «fin dall'inizio» si era sentito come "protetto" da queste minacciose conseguenze e si era detto che non si sarebbe tolto la vita, non avrebbe fatto «questo favore né al diavolo, né agli uomini».

Per la verità, il pensiero del suicidio, in quelle prime settimane lo tormentava in una duplice forma. Una era quella, come abbiamo visto, della *tristitia* tentatrice. L'altra proveniva, invece, dalla responsabilità che sentiva verso coloro che erano coinvolti nella congiura, ma non erano stati ancora incriminati. Così, una volta arrestato, aveva pensato, come riassume la cosa proprio Eberhard, di dover «rendere a tutta l'impresa il servizio del proprio suicidio, affinché la propria debolezza non lo trasformasse in un traditore». Si domandava, infatti, se fosse in grado di sopportare la tortura. Questa preoccupazione, però, si dileguò ben presto.

Dietrich, probabilmente, non fu torturato nel senso stretto del termine, ma lo stato in cui era precipitato era comunque un terribile supplizio. Anche se, dopo i primi giorni, le condizioni della sua prigionia migliorarono, si trattava sempre di star rinchiuso in una cella di due metri per tre con un tavolaccio, una sola mensola, uno sgabello e un catino; c'erano il vitto scarso, la sporcizia, il freddo o il caldo a seconda delle stagioni, i secondini insolenti, l'umiliazione delle loro angherie e delle manette. E tutto ciò per uno che era figlio di una famiglia dell'alta borghesia. Anche se poteva periodicamente scambiarsi delle lettere con i genitori, con Maria, con Eberhard e, saltuariamente, ricevere delle brevi visite da parte loro, il senso penoso di separazione dalle persone e dalle cose più care e di violenta cesura nella trama del suo vissuto non lo abbandonò mai.

E probabilmente, ha poi scritto Eberhard, di alcune sue difficoltà e sofferenze non parlò con nessuno. In famiglia, lui e i suoi fratelli e sorelle erano stati educati fin da piccoli a fuggire l'autocommiserazione come cosa particolarmente detestabile.

Fu capace di reggere tutto, manifestando una straordinaria forza d'animo e imponendosi una ferrea disciplina, fisica e mentale. Lo sostenne la fede ma anche quel «terreno sotto i piedi» del quale, nello scritto inviato ai sui compagni congiurati, aveva lamentato invece la mancanza, solo pochi mesi prima. Dell'importanza di avere un solido terreno sotto i piedi, Dietrich era stato sempre convinto: uno dei riferimenti che gli erano più cari era quello al mito di Anteo, il gigante che era forte e invincibile finché teneva i piedi a terra ma che dovette soccombere di fronte ad Ercole, quando questi lo sollevò dal suolo.

Inaspettatamente, a Tegel scoprì di avere anche lui un solido terreno sotto i piedi: il terreno, come dice il personaggio di un suo abbozzo di dramma (scritto appunto in prigione), «per poter vivere e poter morire». Non tutti sanno vivere, sanno affrontare le difficoltà della vita, e ben pochi sanno poi morire, quando è giunta l'ora. Ciò non dipende solo dal carattere e dalla psicologia individuale, ma anche e soprattutto, come Dietrich scoprì – forse nel confronto, in carcere, con uomini di diversa formazione e origine – da un certo retroterra familiare, sociale, culturale e dall'aver ricevuto una determinata educazione.

A Tegel, prese piena consapevolezza di ciò. Un giorno scrisse alla madre: «tu hai scritto recentemente che saresti "orgogliosa" se in una situazione così orribile i tuoi figli si comportassero "decorosamente". In realtà tutti noi lo abbiamo imparato da voi, specialmente quando in occasione di gravi malattie nella famiglia siete rimasti perfettamente sereni, senza far notare nulla a nessuno. Questa è perciò diventata una prerogativa ereditaria».

Era il suo "terreno sotto i piedi" quell'educazione, quell'ambiente familiare e sociale in cui era vissuto, era ciò che ora lo rendeva capace di vivere a Tegel e anche di affrontare la minaccia incombente della morte. Tutto questo era racchiuso in fin dei conti nella casa che un anno fa andai a vedere, al numero 43 di *Marienburger Allee*.

All'epoca dei fatti di cui ci stiamo occupando, la casa, in realtà, c'era da pochi anni e non era quella in cui Dietrich era nato e cresciuto. Ma il quartiere era sempre lo stesso. Il quartiere di Grunewald, ove Karl, il padre del nostro teologo, si era stabilito con tutti i congiunti durante la prima guerra mondiale e dopo il periodo di Breslavia. Vivevano lì a Grunewald un insieme di famiglie che vantava alcuni dei più importanti esponenti della vita culturale della Berlino del tempo e la famiglia di Dietrich era ben inserita in questa piccola comunità – il *Kulturstaat* del quartiere di Grunewald, come è stato definito – e ancor più strettamente vi si integrò poi grazie agli intrecci matrimoniali. Oltre al padre stesso di Dietrich, eminente psichiatra, come si è detto, e ordinario all'Università di Berlino, a Grunewald viveva il grande teologo von Harnack, esponente di punta del protestantesimo liberale e della cultura tutta della Germania guglielmina, che abitava proprio di fronte alla casa di Dietrich; vi era lo storico Hans Delbrück, che avrà un figlio premio Nobel per la medicina (mentre una sua figlia sposerà il fratello di Dietrich, Klaus); vi era un famoso compositore ungherese, padre di quel Hans a noi ben noto e che come sappiamo sposa una sorella di Dietrich. C'era ancora William Leibholz, importante esponente del mondo politico berlinese, padre del giurista Gerhard, che sposerà un'altra sorella del nostro teologo, la sua gemella Sabine; c'era il direttore del Museo prussiano, Richard Schöne, che era anche un lontano parente della madre di Dietrich; c'era il grande fisico Max Planck; c'erano il matematico Hermann Amandus Schwarz, il biologo Oskar Hertwig, il giurista Heinrich Triepel. A Grunewald abitava pure Walter Rathenau, il ministro degli Esteri della

Repubblica di Weimar, protagonista dell'effimera rinascita democratica della Germania dopo la prima guerra mondiale. Venne assassinato nel 1922, proprio nelle strade del quartiere, e quell'omicidio fu un lugubre presagio che quasi nessuno seppe capire.

Questi uomini e le loro famiglie non vivevano solo della loro professione ma animavano anche una ricca e intensa vita sociale e mondana nel quartiere. I loro scambi culturali in questa dimensione privata si fondavano innanzitutto sul «gioco», come viene inteso dal grande storico Huizinga, nel suo libro del 1939, *Homo ludens*. Huizinga considera il gioco presupposto e principio di ogni cultura e dunque anche elemento essenziale della formazione culturale, della *Bildung* dei giovani. A Grunewald ci si impegnava con dedizione in una variegata serie di 'giochi': dalle gare sportive alle rappresentazioni teatrali, dalla musica da camera ai balli in maschera.

Fu in questo contesto che Dietrich realizzò la sua formazione culturale, morale, civile.

Senza rinnegare nulla e senza alcuna rottura, egli, tuttavia, aveva dovuto segnare ben presto una distanza da quell'ambiente borghese. Lo aveva fatto soprattutto nel periodo di Finkenwalde, quando aveva preso nel modo più serio e aveva vissuto in prima persona l'invito che Cristo rivolge a Levi – *Sequela*, il libro nato a Finkenwalde, incomincia proprio con un commento a questo passo biblico – e, come Levi, aveva lasciato il suo "banco delle imposte" e aveva seguito Cristo, anche se si era trattato di una "conversione" essenzialmente interiore. D'altra parte, non aveva lussi e pompe da cui spogliarsi, perché parte essenziale e fondante dello stile di vita appreso a casa e a Grunewald erano proprio la sobrietà e la semplicità, il rifuggire dalle esibizioni e dalle ostentazioni.

A Berlino, un anno prima, era andato a cercare, prima ancora della casa di *Marienburger Allee*, una chiesa, che è forse il primo luogo che segnò questo relativo distacco di Dietrich dalle sue origini nella migliore borghesia di Grunewald. Si trova a Wedding, un quartiere a nord che era – e in parte è tuttora – un polo opposto rispetto a Grunewald. Un quartiere proletario e degradato, «con le più difficili condizioni politiche e sociali», come scrisse lui stesso.

Era il 1932 e il giovane teologo – aveva solo 26 anni – era stato appena ordinato pastore ed ebbe un incarico di quelli che nessuno vuole accollarsi e vengono rifilati all'ultimo arrivato. Nella parrocchia della *Zionkirche*, la chiesa di Sion, a Wedding, c'era una classe di cresimandi che era come un puledro indomabile, formata da cinquanta piccoli selvaggi. Il pastore, che fino a quel momento aveva cercato vanamente di occuparsene e che era vecchio e malato (di qui a poco sarebbe morto), aveva accompagnato Dietrich da quei demoni. Mentre i due salivano le scale a più piani, furono bersagliati dai rifiuti che i ragazzi appostati in alto lanciavano, fra risa e schiamazzi. A malapena riuscirono a sospingerli nell'aula, dove il vecchio riuscì solo a dir loro il nome del nuovo insegnante. Dopo di che si affrettò ad andarsene, mentre continuava il chiasso indiavolato e i ragazzi canzonavano Dietrich storpiandone il nome. Dietrich, senza scomporsi, restò a lungo in silenzio, accanto al muro, le mani in tasca. La sua assenza di reazioni a poco a poco smontò i piccoli selvaggi e il baccano calò. Dietrich cominciò allora a parlare a bassa voce, sicché solo quelli che erano avanti potevano sentirlo. Incominciò a raccontare un episodio biblico, un passo escatologico, lo stesso che aveva affascinato i giovani neri di Harlem, dove era stato in viaggio per la chiesa. Si fece silenzio. Bruscamente, Dietrich si interruppe, disse loro che, se fossero stati attenti, avrebbe continuato la volta successiva. Da allora non ebbe più problemi di disciplina.

Per dedicare tutte le sue energie a quei ragazzi, lasciò la casa dei genitori a Grunewald e prese in affitto una camera presso un fornaio, nel quartiere proletario di Wedding. I ragazzi erano autorizzati ad andarlo a trovare quando volevano. Nei fine settimana facevano gite agli ostelli della gioventù vicini, ma una volta li condusse fino alla casa di campagna dei suoi, nell'Harz. Un viaggio di 250 chilometri che a loro dovette sembrare il giro del mondo.

Arrivarono così, brillantemente, al giorno della cresima. Dietrich, nel suo sermone, disse, tra l'altro: «Nessuno vi deve togliere la certezza di fede che anche per voi Dio ha preparato un giorno, un sole e un'aurora, e che egli vi conduce a questo sole il cui nome è Cristo».

In quelle stesse ore, Berlino era scossa dalla febbre elettorale: si eleggeva il nuovo Presidente, che fu Hindeburg, ma Hitler ottenne il 30% dei voti e un enorme successo. Meno di un anno dopo sarebbe diventato Cancelliere. Con alcuni di quei ragazzi di Wedding, Dietrich rimase in contatto per sempre. Uno di loro entrò come praticante nello studio legale di suo fratello Klaus.

Wedding è parte della più vasta zona di Berlino conosciuta come Prenzlauer Berg e già nel periodo della DDR era diventato un quartiere di "alternativi" e di punk, rimanendo tuttavia popolare. Lo attraversa una grande strada commerciale, la *Kastanienallee*, punteggiata di negozi "alternativi", bar "alternativi", ristoranti "alternativi", ossia etnici. Ma vi si trova anche una vecchia istituzione berlinese, il più magnifico *Biergarten* della città, che si chiama "Prater", come il celebre parco viennese.

Francamente, a parte la chiesa di Dietrich, il Prater per me fu l'unico buon motivo per visitare il quartiere, perché tutta questa declamata "alternatività" non mi interessava molto e peraltro neanche mi parve di notarla! La birra al Prater era ottima, ma il menu non era esaltante. Berlino non ha certo una grande tradizione gastronomica e la sua cucina è di molto inferiore a quella di altre città o regioni del paese – come capita anche ad altre capitali, del resto, penso a Madrid e, purtroppo, Roma. Non ha neanche una sua tipica Wurst, come capita invece non solo a Monaco, ma a Ratisbona o Bamberg o Norimberga o in Turingia, Sassonia ed altre regioni. Se ne è inventata di recente una, per la precisione pare che sia stata ideata per assecondare i gusti dei soldati americani nel dopoguerra; è il *Currywurst*, che di solito non è altro che un *Frankfurter* (la salsiccia più comune e dozzinale, in sostanza quella che si trova pure nei nostri supermercati e che identifichiamo con i Würstel tedeschi, finché non andiamo in Germania) con una spolverata di curry, con la senape e volendo anche il ketchup. In realtà, più tipiche delle salsicce a Berlino sono le polpette, ma neanche queste pare siano autoctone, in quanto le avrebbero portate qui gli ugonotti, i protestanti francesi cacciati da Luigi XIV. La storia deve essere vera, visto che nei menu vengono chiamate *Bouletten*, alla francese, e non *Frikadellen*, che sarebbe il nome tedesco delle polpette.

Al Prater, comunque, le *Bouletten*, non c'erano e decisi di andare a rifocillarmi in un *fast food* libanese – nelle grandi città dove la cucina locale non eccelle, vale sempre la pena di optare per qualche ristorante etnico. Mangiai un ottimo *tabbouleh* con *felafel* e mi sentii in Medio Oriente!

La *Zionkirche* si trova quasi all'estremità meridionale di *Kastanienallee*, per cui, essendo sceso dalla metro dalla parte opposta della strada, avevo compiuto questa lenta marcia di avvicinamento con tappe al *Biergarten* e al ristorante libanese. Per la verità, camminando avevo già notato un altissimo campanile che svettava in lontananza, ma non avevo immaginato che fosse quello che cercavo. Non mi aspettavo, infatti, che la *Zionkirche* del proletariato berlinese fosse una chiesa così imponente. Appresi che era stata costruita per impulso dell'Imperatore Guglielmo I, poco dopo l'unità tedesca, e quindi lo stile è una sorta di stranissimo neo-gotico/neo-romanico. Una targa ed alcune foto ricordavano Dietrich. Era ritratto all'epoca della sua missione, già stempiato, un pantalone a vita alta, le maniche della camicia rimboccate, un libro in mano, forse una Bibbia.

Quella sua missione nel quartiere proletario e tra quei giovani ribelli deve aver contribuito a farlo diventare, pochi anni dopo, il teologo di *Sequela* e di Finkenwalde. E tuttavia, più tardi ancora, pur continuando a rivendicare quella svolta "radicale" disse di avvertirne anche i pericoli. E giunse a rivalutare la sua appartenenza a una «cosiddetta buona famiglia», ossia «un'antica e stimata famiglia borghese», come fa dire al protagonista di uno dei suoi tentativi letterari. Perché in carcere sapeva o tornava a sapere «quale silenziosa forza vive in una buona famiglia borghese», come dice il suo alter-ego letterario.

E finalmente, in quella domenica piovosa, al n° 43 di *Marienburger Allee*, mi parve quasi di percepirla quella forza silenziosa, guardando la casa con l'intonaco giallo paglierino, un solo piano e il tetto trapezoidale su cui si aprivano le tre finestrelle della mansarda. Una di quelle finestre, doveva essere quella della sua stanza e dietro di essa c'era stata la sua scrivania, quella che cercò di sgombrare di carte e libri compromettenti quel 5 aprile, quando la Gestapo andò a prenderlo.

Restai a lungo, sotto la pioggia, a guardare quelle finestre sul tetto di mattoncini rossi. C'era silenzio ma mi pareva di udire i passi del padre di Dietrich su per le scale, quel 5 aprile, la frase che disse per avvertirlo che c'era gente di sotto che

voleva fargli qualche domanda. La sua voce era forse un po'
spezzata dall'ansia o forse l'abitudine all'autodisciplina e al
contegno non lasciarono trapelare neanche allora l'angoscia
che sentiva dentro. Ed ecco che mi pareva di sentire i passi
di Dietrich, più rapidi e agili di quelli precedenti, giù per le
scale. Ed ecco quelle poche frasi secche che non ammette-
vano repliche. E poi sportelli che si chiudono violentemente
e il motore di un'auto che parte.

Poi fissai lo sguardo sulle finestre del primo piano e immaginai le altre camere, il salone. E non c'era più la Gestapo
e non c'era più angoscia, ma un coro di voci che intonavano
una melodia, il pianoforte, il violino. E risate composte e
parole di gioia e applausi lievi. Il compleanno del padre,
pochi giorni prima.

Mi ero avvicinato al cancelletto. Era chiuso ma un cartello recava un numero di telefono per chi volesse visitare la
casa-museo che sembrava disabitata. Di domenica, pensai,
verranno qui per un singolo visitatore?

Avevo già visto le foto degli interni, sul sito web. Era
ricostruito lo studio di Dietrich, una piccola scrivania con
un lume, una poltroncina, scaffali a muro con pochi libri.
Non me la immaginavo così la sua camera da lavoro e non
doveva essere così all'epoca: la madre gli scrisse a Tegel,
rispondendo alla sua richiesta di alcuni libri, dicendo che si
era dovuta spostare di fretta e furia la sua "biblioteca" dalla
mansarda in cantina, per via dei bombardamenti. Nella foto i
libri sono pochi e, a giudicare dalla finestra che si intravede,
la camera è stata allestita al primo piano e non in mansarda. In un'altra foto si vede un'altra stanza con una piccola
mostra. Le abitazioni dei grandi personaggi, trasformate in
casa-museo, mi lasciano sempre freddo, mi suonano artifi-
ciose e di solito fanno dileguare tutta la magia evocativa.
Decisi di non telefonare. Guardai ancora le finestrelle della
mansarda, mi voltai e andai via. La pioggia era incessante.

7.

Il lettore che avrà avuto la pazienza di seguirmi fino a questo punto si sarà ormai smarrito nei salti di spazio e di tempo: Ettal oggi sotto la pioggia ed Ettal innevata in quell'inverno di guerra; Berlino, un anno fa, Berlino sotto la scure del nazismo, Berlino nella breve primavera della Repubblica di Weimar. E il quartiere di Grunewald del *Kulturstaat* e quello di Wedding del proletariato, la *Zionkirche* oggi e nel 1932, le macerie spettrali della guerra e i turisti sotto la Porta di Brandeburgo, il bunker di Hitler e un anonimo parcheggio, la Sprea che scorre placida in un'estate del XXI secolo e lo stesso fiume che osserva perplesso le camicie brune che marciano al passo dell'oca.

Dove siamo veramente? Il sole tramonta dopo aver avuto la sua gloriosa giornata. Dalla finestra di fronte al tavolo dove sono seduto si scorge nitida la vetta solenne dello *Zugspitze*. La ragazza, la figlia dell'aristocratica signora che gestisce la locanda, appoggia dinanzi a me il boccale di *Dunkel* con gesto grazioso e mi chiede se ho deciso cosa mangiare. Per la verità, non avrei sciolto il mio dubbio. Il *Bratlammwürstl* piccante – che dovrebbe essere una salsiccia di agnello – è invitante ma anche la *Zwiebelbraten*, la bistecca alle cipolle che è un classico della cucina tedesca da locanda, si lascia desiderare, specie dopo le due camminate di oggi per complessivi 20 chilometri e la modesta insalata mista del pranzo. Il contorno non decide la partita, perché sia la salsiccia che la bistecca sono accompagnate dalle patate arrosto, da queste parti sempre squisite. Alla fine, proprio mentre la ragazza mi sorride e fa il gesto di allontanarsi, dicendo che mi lascia pensare ancora un po', sciolgo la riserva e opto per la bistecca. Il perfetto equilibrio fra le due opzioni è stato risolto solo dalla curiosità: la *Zwiebelbraten* è proposta "alla moda sveva" e mi chiedo quale siano le varianti rispetto alla versione classica e sempre identica che altre volte ho mangiato. Curiosità presto soddisfatta: non ci sono varianti. È vero che sono capitato in una *Gasthof* dove si usa un tocco di fantasia, ma sempre in Germania siamo! Comunque, il piatto è più che soddisfacente: una bistecca alla Tex Willer, con una montagna – beh, magari non sarà il Monte Bianco, ma lo *Zugspitze* sì! – non di patatine fritte, ma arrosto. La bistecca ha una folta "capigliatura", tanti riccioli dorati! Sono le cipolle fritte, tagliate a strisce sottili.

Al tavolo vicino, tre signori molto distinti. Una coppia di mezza età da un lato e una signora più anziana dall'altro, con un'aria garbatamente autorevole, che racconta aneddoti. L'altra signora a tratti li commenta con tono lievemente divertito, mentre il marito è più silenzioso ma segue con vivo interesse e fa cenni di assenso. Non sono le tipiche persone da locanda bavarese, penso, e sono anche vestiti con sobria eleganza. Ciò conferma che sono capitato in un posto un po' anomalo, forse persino un poco radical-chic! No, preferisco pensare che questi signori siano gli ultimi superstiti di quella buona borghesia di Grunewald, magari dei lontani parenti di Dietrich e di Hans, che vengono a villeggiare sulle Alpi!

Si sono fatti servire del tè e per un momento ho creduto che fossero lì solo per quello e non per cenare. Il fatto è che in Germania, almeno nei locali pubblici, non ci sono demarcazioni precise tra gli orari dei vari pasti: capita di vedere persone che mangiano salsicce o cotolette alle 11 di mattina e altri che bevono il cappuccino alle due di pomeriggio. L'unica regola tassativa è che, a meno che non si sia nel centro di una grande città, non si cena più dopo una certa ora. Al massimo vi portano piatti freddi. Qui, la ritirata suona alle 20, ma giorni fa ho dovuto rinunciare alla cena in una deliziosa *Gasthof* di campagna per essere arrivato dopo l'orario di chiusura, fissato addirittura alle 19.30. Erano le 19.34… Comunque, la cosa non mi sconvolge per nulla, essendo io un "terrone" assolutamente atipico (anzi qualche mia amica del nord dice che sono più "nordico" di uno svedese): questi orari non sono tanto diversi dai miei e l'unica cosa che un po' mi disorienta è questa sovrapposizione fra l'ora del tè e quella della cena. Non sono per nulla turbati, invece, i distinti signori del tavolo accanto che, smesso di sorseggiare il tè, invece di alzarsi e andarsene, passano direttamente a ordinare la cena. Molto abbondante, peraltro.

Io, intanto, mi sono fatto riportare il menu, perché non si può rinunciare qui al pezzo forte dell'interpretazione gastronomica della casa, quello che rivela il talento dello chef (il marito dell'aristocratica signora).

Lo avevo adocchiato già ieri, ma poi la mia passione-dipendenza dalla cioccolata (amara) mi ha dirottato su altro. Oggi, però, è il suo turno: «la nostra *flüssige*, interpretazione della *Schwarzwälderkirschtorte* in bicchiere», recita il menu! Una "fluente" torta della foresta nera in bicchiere: non si può proprio resistere, pur senza essere Oscar Wilde!

In un grande bicchiere, tipo quelli dei "frappe" delle nostre nonne, mi servono uno strato di panna, sopra, nel quale affiorano le ciliegie intere sotto spirito e dei pezzetti di pan di spagna; sotto, lo sciroppo delle medesime ciliegie, ossia il liquore kirsch. Superba e geniale interpretazione!

Più tardi, salgo i pochi scalini sul retro e sono nella mia camera. Apro le imposte che danno sul terrazzino quadrato con la moquette verde. Mi affaccio dal lato del ruscelletto e lo guardo con affetto per qualche istante. Poi afferro la seggiola da giardino e la piazzo all'altra estremità del terrazzo, quella che guarda allo *Zugspitze*. C'è ancora luce. Mi accendo un mezzo "Garibaldi" e fisso lo sguardo sulla montagna. Solo da questa pace si può tornare in quella cella 92 della prigione militare di Tegel.

La vicenda giudiziaria di Dietrich era indissolubilmente intrecciata a quella del cognato Hans, che era detenuto in un carcere per ufficiali della *Wehrmacht* e che l'accusa aveva identificato come la "mente" del gruppo e il principale responsabile dei crimini imputati. Hans, secondo gli accordi presi con i suoi compagni, assecondò questo convincimento sul suo ruolo preminente ma, allo stesso tempo, ingaggiò un'abile partita con il presidente del Tribunale di guerra che interrogava gli imputati, Manfred Roeder. Quest'ultimo era implacabile, aveva intuito che ci fossero cose ben più gravi di quelle che erano emerse ed era risoluto ad andare fino in fondo per guadagnare benemerenze agli occhi di Himmler e di Hitler e per avversione nei riguardi dell'*Abwehr*. Ma Hans era un giurista e seppe tenergli testa. La strategia di difesa consisteva nel sostenere che le attività clandestine che venivano loro imputate non erano rivolte contro il regime ma rientravano fra quelle ordinariamente svolte dallo spionaggio militare . Roeder sottopose Hans a pressioni fortissime per farlo crollare: gli proibì di leggere, scrivere e fumare. Un giorno lo minacciava di "farlo fuori", il giorno dopo gli assicurava che se non avesse confessato era già pronta l'autorizzazione di Hitler per un processo abbreviato. Ma Hans si dimostrò una roccia. Egli, come Dietrich, e come altri cospiratori provenienti dallo stesso ambiente – che talora era proprio il quartiere di Grunewald – dietro la gentilezza dei modi, la raffinatezza dei gusti, la veste da intellettuali della migliore borghesia, celava un'anima d'acciaio. In un cosa Dietrich si era sbagliato in quella sua lunga lettera del Natale 1942 inviata tra gli altri proprio ad Hans: essi non

mancavano affatto di "terreno sotto i piedi" e sapevano quasi
per attitudine naturale come restare saldi nella tempesta.
Non erano affatto pula che il vento disperde, per dirla con il
salmo. Il gruppo dei cospiratori poteva godere, d'altra parte,
di una rete di appoggi e collaborazioni nelle alte sfere del
regime, una rete che, com'è noto, arrivava fino a Canaris e
che contava soprattutto su Karl Sack, un'autorevole figura
di giurista che si trovava in una posizione-chiave per coor-
dinare e dirigere le azioni a supporto dei prigionieri e della
cospirazione. Era infatti a capo della sezione giuridica dell'e-
sercito e giudice dello Stato Maggiore. Anche i militari non
coinvolti nella congiura collaboravano volentieri con Sack e
a favore degli imputati perché sospettavano che dietro quelle
accuse ci fosse solo la vecchia ostilità della Gestapo e delle
SS nei confronti dell'esercito regolare. A Dietrich, Hans e
Oster giungevano anche le informazioni sui nuovi tentativi
di uccisione di Hitler e di colpo di stato. Nella restante parte
dell'anno si provò infatti altre cinque o sei volte un'azione
«contro il cappotto» (che era il nome in codice del Führer).
Nessuno di quei tentativi andò in porto, essi anzi fallirono sul
nascere o ancor prima di essere avviati. Non si trattò soltanto
di sfortuna o di imperizia: Hitler usava modificare di continuo
e improvvisamente i suoi programmi, proprio per il timore
di attentati. Il grande colpo, tuttavia, fu concepito alla fine di
quel 1943, anche se fra esitazioni e incidenti vari dovettero
trascorrere ancora diversi mesi prima della sua attuazione.

E ciò, ovviamente, non giovava a chi era già detenuto.
Tuttavia, grazie alla sua abilità e fermezza e agli appoggi
esterni, Hans riuscì via via a rendere quasi innocue tutte le
accuse: cadevano i moventi politici e le imputazioni venivano
derubricate a irregolarità procedurali. Intervenne lo stesso
generale Keitel, obbligando Roeder a eliminare l'accusa di
alto tradimento. Sack, alla fine, riuscì a screditare il presidente del tribunale di guerra, mostrando che tutta la sua

animosità era volta a liquidare l'*Abwehr*. Roeder fu rimosso dall'incarico con il vecchio e collaudato sistema di dargli una promozione.

L'istruttoria contro Dietrich si era intanto chiusa a fine luglio e fin da agosto egli visse nella trepidante e impaziente attesa di un processo che non appariva più terribile come all'inizio. Vi furono però delle lungaggini burocratiche e solo a fine settembre vennero formalizzate le imputazioni. Finalmente, sembrò che fosse giunto il momento fatidico: il 17 dicembre avrebbe dovuto svolgersi la prima udienza. Una malattia di Hans mandò, però, tutto a monte. Hans, in effetti, fin dal giugno precedente aveva cominciato a soffrire di seri malanni: il suo spirito era fortissimo ma il corpo pagava il costo della terribile tensione. Ebbe prima una flebite a entrambe le gambe, poi un'embolia con paralisi facciale, infine la scarlattina e la difterite con paralisi periferiche.

Fino a febbraio, si continuò comunque a sperare nel processo e nella rapida conclusione della vicenda ma improvvisamente accadde un imprevisto: Canaris dovette lasciare la carica di capo dell'*Abwehr*, non perché fosse stato scoperto il suo doppio gioco, ma per un motivo relativamente banale, una diserzione nell'ufficio dell'*Abwehr* della Turchia. La guerra interna con Gestapo ed SS proseguiva e stavolta gli estremisti del regime mettevano a segno un colpo decisivo: Canaris venne spostato a un incarico irrilevante e tutta la struttura del suo servizio segreto fu smantellata e posta alle dirette dipendenze della Gestapo. Furono così eliminati anche uomini che erano pedine preziose della cospirazione e un indispensabile supporto ai prigionieri. A questo punto, la strategia dovette dolorosamente cambiare: Sack si convinse che non bisognava più puntare ad una rapida conclusione della vicenda giudiziaria ma, al contrario, si doveva cercare di insabbiarla, soprattutto in vista di un *putsch* che si attendeva come imminente.

Questa decisione suscitò delusione e scontento in Dietrich. I suoi nervi erano logorati, anche se egli non lo lasciava trasparire affatto, né nelle lettere, né nel contegno che teneva con i secondini e con gli altri detenuti. I quali, anzi, come scriverà in una delle sue poesie, lo vedevano uscire dalla cella *disteso, lieto e risoluto/com'esce un signore dal suo castello,* lo sentivano parlare con le guardie con libertà, come spettasse a lui di comandare, e sopportare *i giorni infelici, imperturbabile, sorridente e fiero, come chi è avvezzo alla vittoria.* Ma questo, scriveva, è *ciò che gli altri dicono di me,* di fronte a cui sta *ciò che io stesso conosco di me: inquieto, pieno di nostalgia, malato come uccello in gabbia/ bramoso di aria come mi strangolassero alla gola/affamato di colori, di fiori, di voci d'uccelli/ assetato di parole buone, di umana compagnia/tremante di collera davanti all'arbitrio e all'offesa più meschina/agitato per l'attesa di grandi cose/ preoccupato e impotente per gli amici infinitamente lontani/ stanco e vuoto nel pregare, nel pensare, nel creare/spossato e pronto a prendere congedo da ogni cosa.*

8.

Stamattina sono partito di buon'ora dalla *Gasthof* sotto lo *Zugspitze*. Prima, però, ho gustato con calma l'ultima colazione qui. Anche la colazione rivela una certa cura e un tocco diverso dal solito. Non c'è il solito buffet, ma ciascuno ha il suo personale cestino già riempito con il pane – il pane tedesco è sempre ottimo e qui è anche caldo: c'è l'immancabile pane di segale, c'è il panino con i semi di girasole e quello con il sesamo e ci sono le più comuni *Semmel*, sempre morbidissime e perfette per burro e marmellata. Ogni cliente ha poi il suo piattino di formaggi e affettati e una scodella con confezioni di marmellate e di miele. L'unico appunto da fare è proprio nel fatto di servire marmellate in confezioni di albergo, però quella di arance, che ho assaggiato, era comunque molto buona. E infine, sul vostro tavolo trovate anche una copia di *Die Zeit* da sfogliare mentre sorseggiate il vostro caffè (o il tè)!

Ho viaggiato in direzione est, lungo la *Deutschealpenstrasse*, la magnifica strada alpina che da Lindau, sul lago di Costanza, porta fino a Salisburgo. Mi sono fermato prima della città di Mozart, appena al di qua del confine austro-tedesco. Le mie mete sono il *Königssee*, il più incantevole lago alpino che io conosca, ed una casa, una baita appollaiata da un'ottantina di anni in cima a una vetta che domina e troneggia sul lago. La casa ha qualcosa a che fare con la nostra storia, o almeno con uno dei suoi principali personaggi.

Königssee è anche il nome di un piccolo borgo. In realtà, non credo che ci siano veri e propri abitanti: il villaggio è nato solo per motivi turistici, visto che da qui partono i battelli che fanno il giro del lago. Un enorme parcheggio, una stradina con i prevedibili negozietti di souvenir, di oggettini di artigianato in pietra o in legno, di articoli sportivi e alpinistici, di cibo da strada, fra cui particolarmente apprezzate sembrano delle enormi *Brezeln* cosparse di formaggio: il paese è tutto qui.

Le barche partono da un paio di lunghi pontili di legno protesi sulle acque verde cupo del lago. Lo ricordavo blu ma forse perché l'immagine che ne conservo ben impressa nella memoria è dall'alto, forse proprio da quella cima, da quella famosa casa dove voglio andare domani.

Sebbene il fronte principale di accusa fosse rivolto contro Hans, anche Dietrich dovette sostenere pesanti e rischiosissimi interrogatori. Il maggiore pericolo era che si profilassero contraddizioni fra i vari detenuti. Ciò non accadde, sia grazie all'abilità di cui dette prova anche Dietrich, sia grazie alla efficace rete di comunicazioni clandestine attraverso cui i prigionieri riuscirono a comunicare fra loro. Uno dei sistemi per scambiarsi messaggi utilizzava i libri che Dietrich poteva ricevere da casa. I libri della sua biblioteca erano etichettati e quando l'etichetta con il suo nome era sottolineata significava che il libro conteneva un messaggio cifrato. Il metodo concordato era questo: ogni dieci pagine a partire dalla fine vi era un leggero punto a matita su una sola lettera. Individuando e unendo le lettere punteggiate si ricostruiva una frase. Dietrich scriveva poi il suo messaggio di risposta in modo simile, restituendo il libro ai familiari, i quali evidentemente impiegavano ore a decifrarlo per poi farlo giungere direttamente ad Hans oppure a qualche supporto esterno.

In tal modo, nonostante la sua inesperienza in materia giuridica, Dietrich se la cavò non meno brillantemente di

Hans, sicché poté scrivere soddisfatto all'amico Eberhard che Roeder inizialmente aveva pensato di giocarselo facilmente ma che ora doveva accontentarsi di un'accusa quanto mai ridicola, che non gli avrebbe dato molta gloria.

Non erano però soltanto le accuse di fronte al tribunale di guerra a preoccuparlo. Era convinto che la sua chiesa luterana, così legata tradizionalmente all'autorità statale e ligia a una convenzionale morale borghese, non avrebbe approvato ciò che stava facendo nella cospirazione e temeva che ciò avrebbe finito per danneggiare anche la sua professione. La sua coscienza era però libera da conflitti. Solo all'inizio della prigionia fu sfiorato dal dubbio che ciò che stava facendo non fosse veramente per la causa di Cristo. Ad Eberhard scrisse, però, di aver subito superato questo problema, convincendosi che gli toccava sostenere fino alla fine il suo "caso-limite", come lo chiamava – un uomo di chiesa implicato in una cospirazione che deve portare a un assassinio, anzi a più di uno – e di essere rimasto sempre saldo in questa determinazione. Applicava a sé – "con disinvoltura", secondo Eberhard – la beatitudine proclamata nella prima lettera di Pietro: «Ma se anche dovete soffrire per la giustizia, beati voi! Non abbiate di loro alcun timore e non siate spaventati».

Faccio il biglietto e salgo sul primo battello che porta dall'altra parte del *Königssee*, non perché ami particolarmente questi giri turistici, ma perché questo è l'unico modo per arrivare a Salet, da dove parte l'escursione che ho in mente di fare. Le previsioni non dicono nulla di buono, ci sarà sicuramente pioggia e l'ascesa al *Kehlstein*, il «nido d'aquila» come lo chiamava un personaggio della nostra storia, va rimandata a domani.

Sul battello sono tutti tedeschi, di ogni età, una buona parte muniti, come me, di zaino e bastoni da trekking. Un tale con cappello da ammiraglio resta in piedi e, appena partiti, ci dà il benvenuto e incomincia la sua presentazione del lago su cui ci troviamo. Purtroppo capisco poco ma deve essere piuttosto divertente perché gli altri lo interrompono di continuo con i loro sogghigni. Non c'è da fidarsi, però: i tedeschi, in queste occasioni, sono come bambinoni e si lasciano andare a lunghi sospiri di stupore o a grasse risate per le cose più semplici. Qualcosa, comunque, riesco ad intendere (purtroppo mi sfuggono proprio le battute che fanno ridere gli altri o forse non capisco che sono battute umoristiche…): il lago è lungo 8 chilometri (ma in larghezza sarà a malapena un chilometro, penso io) ed è poco profondo. L'acqua è pulitissima, praticamente potabile, grazie a un ingegnoso sistema di depurazione degli scarichi. Se quindi volete fare il bagno, dice il tipo col capello da ammiraglio, non ci sono divieti, ma ve lo sconsiglio, perché anche in estate la temperatura è vicina a 0° (questa è una cosa che fa ridere molto i miei occasionali compagni di viaggio). Indica poi delle rocce sulla riva destra, dicendo che vengono chiamate "la strega che dorme". Partono gli "ohhhhh" di stupore. Purtroppo, a me non è dato di vedere la strega, sarà quella maledetta formazione illuministica… Ci segnala un'altra vetta e afferro la parola *Kehlsteinhaus*. Accidenti, è proprio dove devo andare io domani! Inutile aggiungere che la casa sulla rupe non mi riesce di vederla e stavolta credo che il problema sia comune, perché anche gli altri strozzano in gola l'"ohhhhh!" di stupore che stava già partendo e si guardano perplessi, aguzzando inutilmente lo sguardo. Infine, dice qualcosa a proposito di un suo "collega" e si avvia a prua. Ne approfitto per scattare qualche foto a una cascata che precipita da una vetta, dalle rocce più in alto al verde intenso della foresta in basso. Nel frattempo è avvenuto uno scambio di ruoli, perché quello col cappello ha preso il timone e in mezzo a noi passeggeri è venuto quello che prima guidava la nave. Non ha cappello ma in compenso sfodera una tromba! Fa segno di aprire tutte le finestre. Poi imbocca il suo strumento. Poche note di una melodia malinconica e subito si ferma, sicuro del fatto suo. Dopo neanche due secondi il suono simile di una tromba, la medesima melodia, risuona dalla sponda del lago, una volta, una seconda volta e, più flebile e lontana, anche una terza volta! Inutile dire che gli "Ohhhh" di stupore per poco non fanno inclinare la barca! Il tipo ripete ancora un paio di volte la sua performance e alla fine partono applausi convinti. A questo punto, mette via la tromba, prende una saccoccia e passa ad esigere l'obolo, per averci dimostrato l'esistenza di quel misterioso fenomeno che taluni chiamano "eco"! E qui senti quasi aria di casa! *È* un fatto piuttosto inusitato, in effetti, che la "dimostrazione" non sia compresa nel biglietto, piuttosto caro in verità. Salvo che non sia una iniziativa "tollerata" dei due marinai di acqua dolce, ma questo sarebbe ancora più insolito da queste parti. Comunque, è tornato quello col cappello e ha ripreso la sua spiegazione, con tono più serio, però. Le cose per me non migliorano, rispetto al primo tempo: ora, sempre indicando delle vette, parla addirittura di un re, di una regina e di sette figli! Io non vedevo la strega dormiente figuriamoci questo corteo reale! Gli altri sembrano però affascinati. Io contemplo la bellezza del lago e delle montagne e tanto mi basta.

La mattina dopo, a colazione, la padrona della nuova *Gasthof,* che è pure di origini italiane, informandosi sulla giornata che avevo trascorso, mi chiarirà il mistero: sul lago incombe il *Watzmann*, il secondo monte più alto della Germania (dopo lo *Zug*!). Su questa montagna c'è una leggenda. *Watzmann* sarebbe stato un re crudele e per castigo divino sarebbe stato trasformato in pietra con tutta la famiglia! Famiglia ora composta dalla regina, ossia un'altra cima, un po' più bassa, e da sette montagnelle nel mezzo – fra il re e la regina – che sarebbero i principini e le principesse. La signora della *Gasthof* non mi ha però saputo dire se è questo *Watz-mann* il re che dà il nome al lago (io pensavo che si trattasse del solito Ludwig II). Ho cercato quindi di documentarmi da solo ma non ho appurato nulla intorno all'origine del nome: semplicemente non si sa perché il lago si chiami così. In compenso, ho appreso qualcosa di più intorno al re di pietra, il *Watzmann*: la sua parete orientale è la più alta delle Alpi Orientali e l'ascesa è ritenuta tra le più difficili e rischiose. La prima scalata ebbe luogo nel 1881 e da allora l'impresa è costata la vita a un centinaio di alpinisti. Re *Watzmann* è davvero crudele e continua ad esigere il suo tributo di sangue!

Intanto, il battello ha fatto la sua prima fermata, a San Bartholomä, dove c'è una cappella fin dall'epoca medioevale. Una metà dei passeggeri scende qui ma io sono diretto a Salet, alla fine del lago, da dove comincia il mio percorso a piedi di oggi. A Salet c'è solo l'imbarcadero e una modesta locanda. Mi giro ancora una volta a guardare lo specchio verde del lago e imbocco il sentiero, in direzione "*Obersee. Röthbach-Wasserfall*". Il cielo è cupo e inizia a cadere una pioggia sottile.

Trascorsi i primi mesi di prigionia, il punto focale del pensare e del sentire di Dietrich non fu più costituito dalla morte sentita come incombente e dalla penosa esperienza di rottura del vissuto, sebbene queste cose restassero sullo sfondo del suo animo. Tornò in primissimo piano la questione che già lo aveva assillato negli ultimi anni e che poi lo aveva spinto ad entrare nella cospirazione: la responsabilità che ognuno doveva assumersi nella costruzione del futuro, oltre la guerra e oltre la barbarie nazista. La responsabilità, in special modo, nei confronti delle nuove generazioni. E questa responsabilità la sentiva più acutamente in certe occasioni. Ad esempio, quando riceveva le lettere di Christoph, suo nipote, il figlio di Hans e di Christine, il ragazzo di cui si era occupato per qualche tempo ad Ettal. Si chiedeva, Dietrich, quale immagine del mondo potesse formarsi nella testa di un quattordicenne, che per mesi e mesi dovette scrivere al padre e allo zio (e padrino) entrambi in prigione. In quella testa non ci sarebbe stato più posto per farsi troppe illusioni sul mondo e in tal modo veniva bruscamente e precocemente troncato il tempo della fanciullezza.

La responsabilità per le future generazioni era sollecitata anche da eventi lieti, come la nascita di un altro nipote, anzi pronipote, il figlio di Eberhard e di Renate, nipote del teologo. Il matrimonio tra l'amico del cuore e la nipote era stato fissato per il 15 maggio 1943 e naturalmente il pastore che avrebbe dovuto sposarli non poteva essere altri che Dietrich. Ma Dietrich, il 15 maggio, era a Tegel, in una sudicia cella. Sul tavolaccio di quella cella scrisse tuttavia ugualmente il sermone per le loro nozze e glielo inviò accludendolo ad una lettera ai genitori. L'anno dopo, alla coppia nacque un bambino. Dietrich doveva fargli da padrino, ma era ancora in quella prigione. Stavolta inviò dei pensieri per il battesimo, in forma di meditazioni bibliche. Augurò al piccolo che si affacciava al mondo di essere come Giuseppe, il figlio di Giacobbe, di essere uno di quei figli di Dio che Egli benedice con la felicità, lasciando che a loro tutto riesca e che attraverso loro sia portata a compimento la sua stessa opera, sebbene anche costoro debbano certamente attraversare il tempo della sofferenza e della prova. Ad altri suoi figli, invece, Dio riserva un cammino ben più aspro, che può arrivare fino al martirio. Si capiva subito a chi stesse alludendo.

Questa preoccupazione per le future generazioni era legata proprio all'obiettivo fondamentale della cospirazione, che era quello di gettare le basi per costruire un mondo libero dall'orrore in cui si era precipitati. Ma da dove era venuta tutta quella calamità? Se non si rispondeva a questa domanda, non si potevano neanche delineare gli scenari futuri.

Dietrich, oggi è scomodo dirlo, non credeva molto nella democrazia di stampo liberale e anglosassone, non per la Germania, almeno. Vedeva i rischi dei regimi che si formano "dal basso", a partire dalle masse. La sua Germania, nel giro di pochi anni, aveva conosciuto due diversi regimi, che noi usiamo mettere in contrapposizione, per molti versi fondatamente: la repubblica democratica di Weimar e il nazismo. Il primo regime si era risolto in un fallimento che aveva aperto la strada al secondo. Dietrich, fatte salve le ovvie e fondamentali diversità, vedeva anche l'aspetto comune fra l'esperimento democratico di Weimar e il totalitarismo nazista: entrambi erano fondati su una investitura e una legittimazione del potere "dal basso", da parte delle masse. I nazisti, non bisogna dimenticarlo, avevano vinto le elezioni del 1932.

La sua riflessione, sebbene "politicamente scorretta" o magari proprio per questo, ha qui un suo valore anche per il mondo attuale e contiene forse degli spunti che possono tornare utili anche a chi non intende abbandonare il terreno della democrazia, ma desidera guardarsi dalla sua degenerazione. La degenerazione dei "regimi dal basso", nell'epoca delle masse, ha un suo fattore, per il nostro teologo, nella "stupidità". È la condizione in cui erano a suo avviso precipitate le masse tedesche, o almeno un'area della popolazione abbastanza ampia da consentire l'affermazione del nazismo.

Contrariamente a ciò che comunemente si pensa, la stupidità, per lui, non è un difetto che riguarda l'intelletto e non è nemmeno un problema congenito. È piuttosto una condizione determinata da certe circostanze che hanno il potere di rendere gli uomini stupidi. Si tratta, quindi, di un problema sociologico, più che di un problema psicologico.

Egli nota che qualsiasi ostentazione esteriore di potenza, sia essa di tipo politico o religioso, provoca la stupidità di una gran parte degli uomini e ritiene che in questo fenomeno vi sia quasi una legge socio-psicologica: la potenza dell'uno ha bisogno della stupidità degli altri. Il ritratto dell'«uomo reso stupido» non ci è ignoto, purtroppo: egli viene come «derubato della sua indipendenza interiore»: rivolgendogli la parola, ci si accorge addirittura che non si ha a che fare direttamente con lui, con lui personalmente, ma con slogan, motti, luoghi comuni da cui egli è dominato. Si potrebbe forse oggi aggiungere che a instupidire gli uomini, oltre alla potenza politica o religiosa, vi è anche e soprattutto la potenza mediatica. Lo "stupido", comunque, continua Dietrich, è ammaliato, accecato, vittima inconsapevole, in un certo senso di un abuso e di un maltrattamento. Trasformandosi in uno strumento senza volontà, diviene capace di qualsiasi malvagità, essendo contemporaneamente incapace di riconoscerla come tale. È vittima di un «abuso diabolico». Un certo numero di vittime diventano così a loro volta aguzzini: è questo il perverso ingranaggio dei regimi dispotici e totalitari, anche all'interno, talora, di società democratiche. Nel nazismo il gioco era più crudele, ma anche più scoperto.

A Tegel, Dietrich, a parte la sua parentela con il generale von Hase, era riuscito a guadagnarsi il rispetto e persino una sorta di amicizia da parte di parecchi secondini e così non era tra le vittime prescelte delle prepotenze e delle angherie. Ma le guardie si comportavano ben diversamente con gli altri detenuti e ciò costituiva per Dietrich un gravissimo cruccio ma anche un elemento di riflessione. Non tutti i secondini, naturalmente, erano meschini e malvagi, ma il fatto caratteristico era che «a dare il tono generale» erano quelli che assumevano «l'atteggiamento più ostile e brutale nei confronti dei prigionieri», mentre i secondini «più pacifici e corretti», pur sentendosi urtati dal comportamento degli altri, non potevano o non sapevano far nulla.

Tegel divenne così, ai suoi occhi, una sorta di metafora o di microcosmo che evocava e rivelava la brutale realtà del nazismo. Nel mondo di fuori accadeva lo stesso. La popolazione era ostaggio non solo di Hitler o di Himmler, ma anche e soprattutto dei loro più infimi sottoposti, gli autori di piccole, meschine, quotidiane violenze e prepotenze. Dietrich notava dolorosamente che si tendeva a sottovalutare e spesso a ridicolizzare il ruolo nefasto di questi personaggi. Lo considerava un grave errore, come quello che potrebbe commettere un medico sottovalutando i microbi solo perché sono minuscoli.

E ciò che anche stupiva, sconvolgeva addirittura, ma era di una verità innegabile, è che questa metamorfosi che trasformava certe persone in dei volgari e crudeli aguzzini non accadeva a dei mostri ma a uomini comuni, normali, apparentemente per nulla inclini al male, talora persino amabili, inoffensivi e gentili in certe situazioni della vita, ad esempio nelle loro famiglie.

Hannah Arendt qualche anno dopo avrebbe chiamato tutto ciò «la banalità del male».

Anche se il ruolo di questi "caporali" gli sembrava cruciale, Dietrich riteneva che però la responsabilità decisiva fosse pur sempre del cosiddetto «ceto superiore». Era quest'ultimo che alimentava la "stupidità" e rendeva così possibili tanto le prepotenze dei caporali, quanto l'inerzia e l'asservimento mentale delle masse.

Il "tirannicidio", questo Dietrich lo sapeva bene, non era certo la soluzione del problema, ma solo il presupposto perché una via d'uscita si potesse delineare. La soluzione stava, a suo avviso, nella formazione di una nuova classe dirigente, di una nuova *élite* che non solo liberasse la Germania dal nazismo ma la preservasse da una nuova degenerazione della democrazia. In fondo, si trattava di formare una *élite* capace di realizzare una lotta di liberazione dalla "stupidità". Tutto dipenderà, scriveva, da «coloro che detengono il potere» dal fatto che essi puntino ancora a servirsi della «stupidità» degli uomini o che cerchino al contrario di valorizzarne l'autonomia interiore e l'intelligenza.

Ma una simile *élite* doveva avere una "qualità" superiore su cui fondare la propria azione. E questa qualità, per Dietrich, non poteva che essere una "qualità cristiana", non nel senso della religione, e nemmeno propriamente della morale, ma della vocazione, del senso di responsabilità, della dedizione al prossimo. Occorreva formare una "nuova nobiltà", non certo di sangue e di stirpe (perché anzi le vecchie classi dirigenti avevano completamente fallito e anche nei casi migliori restavano legate, come si diceva, ad armi morali ormai "arrugginite"), ma che avesse questo tipo di "qualità cristiana". Spesso poteva trattarsi di uomini che neanche si ritenevano cristiani, che neanche si ponevano il problema di agire cristianamente, eppure nel loro pensiero e nella loro azione manifestavano quello che Dietrich chiamava "un cristianesimo inconsapevole". Nella congiura, di uomini così Dietrich ne aveva incontrato più d'uno.

Questioni decisive anche per la società attuale quelle poste da Dietrich, questioni, come la formazione delle élites o il ruolo del cristianesimo nella costruzione di un ordinamento civile, che noi tendiamo a liquidare in modo sbrigativo e superficiale, dividendoci soltanto, talora ferocemente, sul modo di banalizzarle.

Qui sul *Königssee* la "stupidità" che, in forme diverse, meno brutali, ma non meno perniciose, imperversa ancora oggi, sembra appartenere a un mondo così remoto che non ne giunge neanche un'eco smorzata, come quella delle ultime note suonate dal trombettista di bordo. Mi sono lasciato alle spalle il lago, ho varcato un ponticello ed ecco apparire un altro lago, dello stesso verde dell'altro. È chiamato *Obersee*, lago superiore, ma in realtà un tempo era la parte estrema del *Königssee*, prima che una frana o qualcosa del genere non lo facesse diventare un lago a sé, una gemmazione del primo si direbbe. Lo specchio d'acqua è serrato da monti che sembrano ancora più alti di quelli intorno al lago più grande, ma sarà solo un'impressione dovuta al fatto che le cime sono più vicine alle acque perché il lago è più piccolo: non mi arrischierei a mettere in discussione il primato di re *Watzmann* che, come si diceva, ha un caratteraccio!

Sulla barca c'erano solo tedeschi ma qui stranamente è pieno di giapponesi, che saranno arrivati di buon mattino. Due di loro, una giovane coppia, si sono arrampicati su uno scoglio proteso sulle acque gelide. In equilibrio molto precario, stanno cercando di scattarsi una foto con il braccio da *selfie*. Mi aspetto sadicamente di vederli cascare giù nel lago da un momento all'altro, ma riescono miracolosamente a completare l'operazione. Mai sottovalutare la perizia fotografica dei figli del Sol Levante! Meno provetti questi giapponesi mi sembrano nel trekking: hanno vestiti improbabili per una escursione, oltretutto in giorno di pioggia, e molte ragazze pretendono persino di scarpinare reggendo l'ombrellino aperto. Alcuni di loro restano saggiamente sulla sponda del lago, ma altri si avventurano in direzione della cascata, che si vede anche da qui, molto lontana, precipitare altissima dalle rocce. Per loro fortuna, la prima parte del percorso è molto facile: si costeggia la sponda occidentale del lago, nascosto comunque dalla fitta vegetazione, su un largo e comodo sentiero, quasi pianeggiante. Poi, però, ci si deve arrampicare su una scalinata scavata nella roccia, con assi di legno di sicurezza e un provvidenziale cavo d'acciaio per tenersi. Il cavo, però, rende solo d'ingombro i miei bastoni da trekking e mi sento come una giapponesina con l'ombrello, anzi con due ombrelli! La pietra è molto scivolosa, anche perché proprio durante l'arrampicata si scatena un bel rovescio d'acqua e continua ancor più violento mentre la scalinata naturale incomincia a scendere per ritornare al livello del lago. Alla fine della modesta impresa, incrocio una giapponesina che sta ritornando indietro, con il suo bravo ombrellino aperto, il suo vestitino di cotone e le sue scarpette di tela. Mi guarda e non solo saluta e sorride – cosa abbastanza scontata sui sentieri di montagna – ma, dopo avermi squadrato per bene, mi fa un "Ok" con il pollice alzato. Le rispondo con lo stesso gesto, rischiando di far cadere i miei bastoni da trekking, ma senza capire se volesse dirmi che lei, unica fra i suoi connazionali, era riuscita a tornare sana e salva dall'arditissima impresa o che il mio abbigliamento, giacca a vento e cappuccio, era forse un po' più adatto del suo al luogo e al tempo. Nella seconda eventualità, dubito, però, che ne trarrà profitto.

Finalmente si sbuca dal bosco all'altra estremità dell'*Obersee*, che è davvero incantevole anche in una cupa giornata come questa. La pioggia è comunque cessata. Un nuovo cartello indica il sentiero per la cascata ed un altro percorso che invece porta a San Bartholomä scalando una cima. Dato il tempo, penso però che anche gli escursionisti più audaci oggi preferiscano tornare lì con il battello. La strada per la cascata, invece, non dovrebbe presentare alcuna difficoltà particolare: mi ero appunto riservato questa escursione in caso di mal tempo. Tuttavia, la selezione degli escursionisti è sempre più spietata: a occhio e croce non più di un terzo di quelli sbarcati a Salet sono giunti fin qui e una piccola minoranza – senza nessun giapponese! - prosegue verso la cascata. Questi numeri sarebbero però ben diversi se i turisti fossero italiani (non ce n'è neanche uno): se ne sarebbero trovati al massimo un paio su cento disposti a cimentarsi in quella che pure non è esattamente una spericolata impresa alpinistica. Tutti gli altri si sarebbero accontentati della tromba dell'ammiraglio!

Abbandonato il lago, il sentiero serpeggia in modo veramente piacevole fra radure e pascoli, con i muggiti delle mucche in sottofondo. Ben presto, tuttavia, si scatena un temporale ancora più violento del primo. Noto che un discreto gruppetto di escursionisti ha trovato riparo sotto una quercia gigantesca e mi accomodo anche io fra loro. Via via ne arrivano altri e si resta così per un poco a condividere quel riparo naturale, fra motti e risate, sentendoci un po' uomini primitivi, un po' esploratori antichi.

Quando diminuisce leggermente la quantità d'acqua che il cielo rovescia sulla terra, i più decisi, che hanno anche l'abbigliamento più professionale, salutano e ripartono senza esitazione. Aspetto un poco e poi parto anche io, con il gruppo cadetto, lasciando gli altri in attesa di una definitiva schiarita.

Ecco, infine, oltre le ultime radure, la parete boscosa e rocciosa che chiude la valle e, proprio al centro, la cascata. Il sentiero porta sotto di essa, ma la visuale verso l'alto è chiusa, e ciò che si ha dinanzi è solo un modesto torrente alpino. La visione è migliore a distanza. Puoi aver visto cento cascate alpine, puoi averne viste di più alte, più copiose, più violente, ma lo spettacolo dell'acqua che cade a precipizio da un punto imprecisato e misterioso della montagna, con il fragore cupo di quel suo precipitare, ha ogni volta la sua sacralità.

Al ritorno, il lago, nella diversa prospettiva, appare anche più bello, forse perché è comparso il sole, il cielo si è schiarito e le acque tendono ora al blu, viste da una certa lontananza. La schiarita è però di breve durata e puntuale ritorna la pioggia battente proprio quando sono giunto sulle

scale di pietra! E cessa quando finiscono le scale! Mentre
sto riattraversando il ponticello per riguadagnare il pontile
e imbarcarmi, noto un cartello, su un sentiero secondario:
c'è un *Alm* che promette *Käsebrot* o *Butterbrot*, pane con
formaggio o burro! Strepitosa sorpresa, visto che dopo un'ora
e mezzo sul battello, tre ore di camminata e un bel po' di
pioggia addosso, sono discretamente affamato e la colazione
di stamane la ricorda la mente, ma non lo stomaco! Il segnale
indica anche il tempo che occorre ad arrivarci e certamente
vuole incoraggiare i passanti: solo 7 minuti!

E, difatti, in un baleno compare l'alpeggio, una bassa
costruzione divisa in realtà fra due diversi punti vendita,
separati da uno steccato, ciascuno con la sua finestra-spor-
tello per gli avventori e con i suoi tavoli e panche di legno
davanti. Persino il tetto è di colori diversi a rimarcare il
confine. Chissà a quale dei due appartengono le mucche e i
vitelli che si muovono ai fianchi del sentiero e anche sopra
di esso, chissà se le bestie fraternizzano più dei loro rispettivi
proprietari! Ci sono delle signore e dei ragazzini che fanno
qualche smanceria a un paio di vitellini, i quali, tuttavia,
sembrano proprio cercare le carezze. Scelgo a caso uno dei
due spacci, mi avvicino e subito si affaccia una signora che
mi accoglie sorridente. Ordino il mio *Käsebrot* e le allungo i
5 euro. Lei mi dice di accomodarmi al tavolo, mentre prepara
la mia colazione.

Ora la schiarita sembra convincente, se non definitiva,
e il sole scotta piacevolmente. Posso finalmente togliermi
la giacca impermeabile. Arriva un tagliere di legno con tre
fette abbastanza generose di pane scuro e tre diversi tipi di
formaggio, uno un po' erborinato, un altro più fresco, l'altro
pungente e sapido. Nonostante la fame, cerco di gustarlo
con calma, mentre guardo le vacche che pascolano placide
e, più lontano, le acque del lago che quasi si confondono
con l'erba. Mi pare di essere dentro una pagina bucolica

di uno di quegli autori che Dietrich leggeva avidamente in prigione – Fontane, Gotthelf, Stifter – scrittori del cosiddetto romanticismo realista tedesco. Mi pare di capire meglio la pace e l'armonia che quei libri riuscivano ad evocare e a trasmettergli.

9.

Negli anni della guerra, e persino in prigione, il centro focale dell'attività intellettuale di Dietrich e del suo impegno civile e cristiano riguardava dunque il futuro: il futuro della Germania, il futuro del mondo, il futuro degli uomini oltre la guerra e il nazismo e soprattutto il futuro dei più giovani. Naturalmente, a tenerlo occupato, a renderlo ansioso era anche il pensiero del suo personale avvenire E questo, quando riusciva a immaginarlo, aveva soprattutto il volto, la voce, il profumo della sua giovane fidanzata.

È solo dopo la fine dell'istruttoria che Roeder lo autorizzò a scriverle e a ricevere lettere da lei. In questo periodo, dall'estate alla fine dell'anno, Dietrich credette imminente il processo e sperò di poter presto tornare a casa, sicché i due fidanzati, un po' per farsi coraggio, un po' perché credevano davvero alla cosa, incominciarono a fare progetti. E, parlando del loro sperato e sognato matrimonio, si soffermavano su quelle cose che pur di non primaria importanza potevano riportarne i pensieri a quella normale, serena e finanche banale quotidianità che era stata loro strappata via. Dietrich contava di acquistare una radio, si chiedeva se sarebbe stato possibile cambiare il suo grande Bechstein, troppo ingombrante per la loro casa, con un pianoforte a mezza coda, le raccomandava di comprare un cembalo se ne avesse avuto l'occasione. Maria, a sua volta, gli spiegava come stava pensando di sistemare i vari mobili e oggetti e ipotizzava persino la data del matrimonio: sua madre non voleva le nozze a Natale. Andrebbe bene, chiedeva al fidanzato, l'Epifania? O magari il 13 gennaio? Il 13 gennaio era il giorno che consideravano l'anniversario di fidanzamento. Dietrich confidava invece ad Eberhard i suoi programmi per le nozze, cercando di considerare realisticamente la cosa: se fosse stato liberato e avesse avuto almeno un paio di mesi a disposizione prima di partire per il fronte si sarebbe sposato; se invece fosse dovuto partire subito, avrebbe aspettato la fine della guerra. La partenza per il fronte allude probabilmente anche alla minaccia di essere comunque rinchiuso in un campo di concentramento, che gli era stata profilata anche in caso di positiva risoluzione della vicenda giudiziaria.

Dietrich era angosciato soprattutto dal tormento che la sua situazione recava sicuramente a Maria, la quale, l'anno prima del loro fidanzamento, era stata già duramente colpita dalla perdita del padre e del fratello. Maria lo rassicurava con passione e quasi rimproverandolo per certi dubbi: «Tu credi che la mia vita sarebbe stata più semplice e facile se non ti avessi conosciuto. Dietrich, non vorrei cancellare neanche un'ora da quando ti conosco, non un pensiero, non una lacrima, non una risata felice». Dopo aver perso le sue due persone care, aggiungeva, intorno a lei c'era solo vuoto e solitudine e soffriva soprattutto per il peso dell'amore che sentiva in lei e che non poteva più donare. «E poi sei venuto tu…». «No, la mia vita non sarebbe stata più semplice, bensì insensata e piatta».

Natale si avvicinava, intanto, senza processo e senza liberazione. Le date ipotizzate per il matrimonio erano una nuova ferita nell'anima: «noi ci chiederemo», le scriveva lui riferendosi proprio a quel primo Natale che gli toccava passare in prigione e al loro essere lontani anche in quel giorno, «perché oltre a tutta l'oscurità che già avvolge gli uomini ci sia imposta anche l'amara tortura di questa separazione». Ma proprio in mezzo ai pensieri più bui «ecco che giunge tempestivamente il messaggio del Natale, a dirci che tutti i nostri pensieri sono capovolti, e che ciò che ci appare malvagio e oscuro, in verità è buono e luminoso, perché viene da Dio; è solo che i nostri occhi si sbagliano: Dio è nella mangiatoia, la ricchezza nella povertà».

Quando scriveva ad Eberhard, lamentava però la situazione paradossale del loro fidanzamento: non erano mai riusciti a stare da soli neanche per un momento! Diceva che non riusciva più ad immaginare di essere a casa con amici e familiari, seduto con Maria accanto, perché ciò gli risultava troppo penoso.

Nelle loro lettere, Dietrich e Maria parlavano anche di molto altro, di letteratura soprattutto. Non dimentichiamo che entrambi avevano ricevuto la migliore educazione ed istruzione possibile e che l'uno era uno dei più importanti teologi del mondo e l'altra una ragazza di notevoli letture. Tuttavia, la loro educazione, il loro "terreno sotto i piedi" più ancora che negli argomenti che toccavano e nello stile di scrittura, si manifestava nella straordinaria capacità che entrambi mostravano di sfuggire all'autocommiserazione, ai toni enfatici e melodrammatici, all'ostentazione ed esibizione dei sentimenti, parlando spesso solo indirettamente dei propri affanni, lasciandoli trasparire nel mentre chiedevano e si interessavano premurosamente dei pensieri e dei sentimenti dell'altra persona. Erano due fidanzati semplici e straordinari, nello stesso tempo, e la loro straordinarietà sapevano esprimerla nella semplicità, com'erano stati abituati a fare fin da bambini.

Ieri sera sono andato a Berchtesgaden, che è a una manciata di chilometri dal *Königsee* ed è il principale centro dell'area. Tutti i negozi erano già chiusi e la gente affollava i caffè all'aperto e i *Biergarten*. Il minuscolo centro storico ha case con facciate bellissime, testimoni della ricchezza di un tempo. Una prosperità dovuta alle miniere di sale, contese ai potenti arcivescovi di Salisburgo. In effetti, Salisburgo, è il caso di dirlo, è proprio dietro l'angolo. Oggi, invece, la ricchezza viene dai tanti visitatori attratti dalla bellezza della natura, per cui da queste parti, invece di lasciare abbandonate le miniere, le hanno riconvertite in una risorsa turistica: se volete, potete indossare elmetti e tute da minatori e scendere nelle profondità della terra, su una sorta di scivolo di legno, per vedere le grotte di sale e attraversare su una zattera un lago, ovviamente salato. Ho rinunciato alla visita guidata, perché preferisco camminare sui sentieri all'aria aperta e questo tipo di attrazioni le conosco già dai viaggi in Galles. E poi, immaginate il risuonare degli "Ohhhhh!" di meraviglia nel sottosuolo… Sempre sul tema, pare che il lunedì di Pentecoste un corteo di abitanti del luogo, vestiti da minatori e con tutti gli attrezzi del mestiere, percorra le strade del paese accompagnato dalla banda.

Io mi sono limitato ad una cena da minatore, da *Bier Adam,* che ha fama di essere la più antica locanda del posto – anche se credo che la gestione sia più volte cambiata! – ed è ubicata in una bella casa dipinta. L'affresco più grande ritrae due vigorosi spaccalegna intenti nel loro lavoro. Negli altri dipinti ci sono scene campestri. Incredibilmente mancano i minatori.

Il menù offre una buona scelta di sostanziose pietanze tradizionali, tirolesi e bavaresi. Visto che la temperatura non è propriamente estiva, mi sono gettato sul *Bauernschmaus,* che è il tradizionale piatto contadino – tirolese, credo, più che bavarese, ma qui i confini sono piuttosto labili. Piatto dei giorni di festa, immagino, per quanto ricche potessero essere queste zone rispetto ad altre regioni di campagna. In ogni caso, non è esattamente un inno alla cucina povera, neanche di calorie: pancetta affumicata, un bollito (che temo, fosse lingua, ma era comunque ottimo), un arrosto di maiale, una salsiccia, il *Leberkäse* (che non è fegato né formaggio a dispetto del nome, ma una *Wurst* pressata), crauti a profusione e due *Knödel* di "contorno"! Mi è parso preparato a regola d'arte e avrebbe potuto reintegrare anche le energie spese in una giornata in miniera.

A me oggi tocca una fatica non troppo diversa, anche se infinitamente più piacevole. Non c'è pericolo di pioggia, ma la mattinata è nuvolosa e fresca. Ed è quello che ci vuole. Su alla *Kehlsteinhaus* la massa ci va in bus, su una strada privata inaccessibile alle auto private, alle biciclette e ai pedoni. Anche io, trent'anni fa, presi il bus. Ora no: ci vuole una vita per imparare ad esser giovani, disse qualcuno! Durante l'ascesa mi rendo comunque conto che non sono pochi quelli che salgono a piedi. Da noi, essendoci la possibilità del mezzo di trasporto, sarei rimasto da solo a scarpinare. Come mi accadde sul monte Gelbison, nel Cilento, dove la magnifica e anche agevole salita sulla vecchia scalinata dei pellegrini è disertata da tutti, visto che ora al santuario ci si arriva in automobile. A volte non bastano dieci vite per imparare ad essere giovani. Soprattutto a certe latitudini, direi, se non avvertissi subito l'accusa di "razzismo" e "fascio-leghismo"! E però nel mio caso sarebbe un singolare caso di autorazzismo...

La strada alternativa a quella percorsa dal bus è per camminatori ed è peraltro priva di qualsiasi difficoltà se si esclude... la terribile pendenza! L'unico tratto di sentiero sterrato è quello iniziale, poi si percorre una stradina quasi sempre asfaltata, sebbene piuttosto sconnessa. Ci sono 8 chilometri per arrivare in cima al *Kehlstein* ma la pendenza credo sia sempre intorno al 20%. Il dislivello è di quasi 900 metri, da quota 980 a quota 1837, non uno scherzo. E pertanto, a prestar fede alla formuletta suggeritami una volta da una mia amica che vive sulle Alpi e di montagne qualcosa dovrebbe saperne (anche se poi si muove solo dal divano all'automobile), per ogni 100 metri di dislivello bisogna calcolare, come fatica e impegno fisico, 1 km in più e i chilometri complessivi dovrebbero essere allora 8 all'andata più 8 al ritorno più altri 9 per il dislivello di 900 metri. Totale 25: il *Bauernschmaus* di ieri sera alla fine sarà stato ampiamente neutralizzato!

La salita è costante, non dà respiro. L'aria, però, si fa sempre più frizzante e sembra che ti rinvigorisca.

Nella primavera del 1944, Dietrich non poteva più attendersi un'imminente risoluzione della sua vicenda. La sua erta salita continuava e non se ne vedeva la fine. Ciò, però, ebbe paradossalmente un lato positivo: il periodo di relativa calma favorì la sua concentrazione e lo portò improvvisamente ad alcune folgoranti intuizioni teologiche. Le pagine che scrisse a partire da una lettera a Eberhard della fine di aprile sono state opportunamente definite uno "squillo di tromba".

Tutto forse nacque da una domanda cruciale: come poteva vivere un cristiano, un teologo, un pastore quella terribile condizione che egli stava vivendo nella cella 92 di Tegel? La prigione militare dovette sembrargli una metafora del mondo moderno, del «mondo divenuto adulto», come egli lo chiama, il mondo che fa a meno di Dio, che anzi ha cacciato Dio. Come si poteva allora vivere la propria fede nell'assenza, nel nascondimento, nell'abbandono di Dio? Come si poteva vivere senza Dio eppure «dinanzi a Dio e con Dio»? È l'angosciosa domanda che tanti si sono rivolti e continueranno a rivolgersi di fronte al male e soprattutto di fronte al male radicale. Nello stesso periodo e poi negli anni successivi, altri uomini si sono chiesti dove fosse Dio in quella tragedia, dove fosse Dio ad Auschwitz. Parecchi hanno perduto la loro fede di fronte a questa domanda. È la questione , però, che ci si può rivolgere anche con animo più tranquillo e in circostanze tanto meno drammatiche, di fronte al mondo della cosiddetta "secolarizzazione", nella consapevolezza che il mondo moderno, il "mondo adulto" come lo chiama Dietrich, in realtà non ha più bisogno di Dio, se non in certe situazioni-limite dell'esistenza, laddove, ad esempio, si manifestano i limiti della scienza e la fragilità della condizione umana. Ma è ancora il caso di evocare Dio soltanto in queste situazioni e circostanze, riducendolo ad una sorta di "tappabuchi" (anche questa definizione è di Dietrich)?

Egli, a differenza di altri uomini di chiesa, non recrimina e non protesta affatto contro la secolarizzazione. Ritiene che sarebbe "intellettualmente disonesto" pretendere di cancellarla e ritornare a un tempo che è ormai passato. Si tratta, piuttosto, di vivere la secolarizzazione in modo cristiano, nell'ottica della fede e non nell'ottica dell'ateismo. E questa è allora la sua strabiliante riflessione: la secolarizzazione, il mondo adulto e senza Dio derivano dal fatto che Dio stesso si è lasciato cacciare dal mondo! È una risposta evidentemente paradossale al problema ma perfettamente adeguata a quel grande paradosso della fede cristiana che è la croce. Dio si lascia scacciare dal mondo nella impotenza e nella sofferenza della croce. Ed è proprio in forza di questa sua debolezza e sofferenza che ci aiuta. Non ci è più di conforto il Dio onnipotente che siamo abituati a pensare, perché «solo il Dio sofferente può aiutare!»

Questa è la differenza decisiva fra la fede cristiana, la fede biblica, e qualsiasi religione, compreso lo stesso cristianesimo tradotto in religione, com'è accaduto per secoli: la religione rinvia gli uomini nella loro tribolazione alla potenza di Dio nel mondo, mentre la Bibbia, nel fatto centrale della croce, rinvia l'uomo alla impotenza e alla sofferenza di Dio, ossia alla tribolazione di Dio. Il cristiano non incontra veramente Dio nella sua antica maschera, una veste che in realtà gli uomini pii e devoti gli hanno cucito addosso, dell'onnipotente risolutore di problemi, del guaritore dalle afflizioni.

Lo trova, invece, *povero, oltraggiato, senza tetto e senza pane* ed è chiamato a vegliare accanto a lui nel Getsemani. Cosa che, peraltro, non fa quasi mai.

Questo è evidentemente il rovesciamento di tutto ciò che l'uomo religioso si aspetta da Dio. Eppure, è anche il modo nel quale egli "concretamente" ci aiuta. Non è possibile, tuttavia, spiegare e dimostrare questo aiuto che ci viene dal Dio sofferente nelle nostre sofferenze, non è possibile spiegarne, dimostrarne la "concretezza". È una delle cose che si possono solo testimoniare con la propria esperienza di vita, persino se si è un grande teologo e si ha un'assoluta padronanza degli strumenti logici ed espressivi, come era nel caso di Dietrich. Pertanto, a questo punto, possiamo solo continuare a seguire la sua vicenda, ad ascoltare la sua testimonianza.

Su salite come questa del *Kehlstein* non bisogna lasciarsi tentare dalle soste: bisogna andar su con passo costante, con il proprio passo. Via via supero tutti gli altri camminatori. La cosa comincia ad esaltarmi come una gara sportiva, ma in fondo l'agonismo è solo un trucco per non sentire la fatica.

Improvvisamente, mentre ero predisposto ad altri chilometri di agonia, la salita termina ed ecco il piazzale, con un paio di bus parcheggiati e la folla dei sedentari arrivati dall'altra parte. La tabella giù diceva 3 ore e mezza, ne ho impiegato soltanto due. Non sono affannato e per curiosità schiaccio più volte il pulsante del mio orologio, quello che uso per il running: frequenza cardiaca 64! Quindici, venti pulsazioni soltanto, più di quelle che ho abitualmente. Delle due l'una: o sto per avere un collasso oppure ho sbagliato mestiere! Il collasso, però, non arriva e l'altra questione è destinata a restare insoluta.

Per raggiungere la casa che è ancora un'ottantina di metri più su, in linea d'aria, si può proseguire su un sentiero che però non vedo – e confesso che non mi dispiace non vederlo – o imboccare una specie di galleria e servirsi, più comodamente, dell'ascensore. C'è la fila al botteghino per prenotare il ritorno con il bus (bisogna scegliere l'orario preciso della corsa). Il cartello è però rivolto anche ai camminatori che disdegnano il bus: ci vuole il biglietto anche per l'ascensore!

Infine, dopo il breve tragitto in un grande, affollato e singolare ascensore in ottone e bronzo, eccomi in vetta ed ecco il «Nido d'aquila», una casa grigia in muratura che in se stessa non avrebbe grande fascino se non fosse per la vertiginosa posizione in cui si trova e le memorie sinistre che evoca. Soffia un vento gelido e i visitatori in giacca a vento sciamano sulla balconata naturale per ammirare il panorama o sono seduti ai tavoli di legno a bere bevande calde (ma alcuni non rinunciano alla birra). Nuvole nerissime coprono in parte le vette circostanti ma qui e lì spuntano costoni di roccia chiazzati di bianco. Non si fa fatica a distinguere anche il *Watzmann*: è il monte più alto, il re crudele. Ed ecco laggiù il lago, il *Königssee*. Sembra di vedere un fotogramma che ha fermato l'istante di un lungo serpente, intento a strisciare tra i monti che lo stringono da ogni parte. Se non fosse che il colore di quel serpente è un blu stupefacente, esattamente quella tonalità che avevo fissato nei miei ricordi.

Entrando nella casa, un cartello indica la direzione per una "mostra". Ci sono alcune foto, appese alla parete di un corridoio. Pochi si fermano ad osservarle, anche perché in fondo al corridoio c'è l'accesso al ristorante e la gran parte dei visitatori percorre il corridoio solo per raggiungerlo in fretta. C'è un omino coi baffetti in tutte queste foto. In una di esse, cammina per un viottolo, sulla neve, con abito a doppio petto e cappello, insieme a un altro tipo che è invece in divisa. Hanno l'aria di due vecchi amici, vicini alla pensione, che magari parlano del lavoro o dei figli ormai cresciuti. Ho ben impresso nella mente un video a colori dove c'è lo stesso omino, quassù al *Kehlstein,* sulla terrazza di una baita che sorgeva su questa stessa montagna, appena sotto l'edificio dove mi trovo adesso. Nel filmato, di tanti anni fa, è una giornata di sole. L'omino coi baffetti ha un decoroso vestito grigio, la giacca abbottonata, la cravatta, un cappello da montagna un po' liso. Accanto a lui una donna, una bella e giovane donna con riccioli biondi, si muove vezzosa in abito da contadinotta bavarese. Poi si vedono entrambi a braccia incrociate mentre discutono serenamente con altre persone elegantemente vestite in giacca e cravatta; stanno vicino al parapetto della terrazza, con i monti che si intravedono sullo sfondo. Ma ecco che la scena cambia: l'omino ora è seduto, intento a leggere dei fogli, una lettera si direbbe. A un tratto si alza, cammina per la terrazza, ha un bastone e pare lievemente claudicante. Raggiunge il gruppo di prima e, poggiato al parapetto, le spalle al magnifico scenario montano, pare che legga la lettera ai personaggi con cui chiacchierava prima, uno più giovane, l'altro calvo, anziano, entrambi molto distinti. L'omino legge con un'espressione alquanto ironica e gli altri due sembrano molto interessati ma hanno un'aria più seria, vagamente intimorita. Intanto, da un'altra parte della terrazza, la giovane donna – che forse è la moglie dell'omino – è con altre signore ed è circondata da bambini, pure loro con abitini da montanari, le femminucce con nastri tra i capelli. I bambini si affaccendano intorno a una tavola, attentamente sorvegliati dalle donne, e ne prendono cesti ricolmi di qualcosa, forse di frutti, per offrirne ai grandi. Un bambino svolge il suo compito con un contegno molto serio, quasi grave. Poi vede la camera e fa il saluto militare. La moglie dell'omino ride di gusto, lo attira a sé e lo abbraccia insieme a una bambinella coll'abitino rosso. Pare felicissima. Più avanti, l'omino, che intanto ha finito di leggere la lettera, accoglie delle altre signore che sembrano appena arrivate. Le saluta una ad una, stringendo loro calorosamente la mano. Con alcune accenna anche il baciamano. Le donne sono tutte in tailleur e alcune hanno un giacchino di pelliccia di dubbio gusto. Vanno a sedersi sul parapetto, una accanto all'altra, chiacchierando e ridendo fra loro. Se non sbaglio nello stesso filmato, o forse in un altro, ma sempre sulla stessa terrazza della casa di montagna, compare anche il cane lupo dell'omino e lui lo accarezza e lo guarda con affetto.

Chi è l'omino? Chi è la signora bionda? Sembrerebbero un funzionario in vacanza, il direttore di un ufficio postale o dell'esattoria, con una moglie parecchio più giovane di lui. Forse stanno dando un ricevimento per amici e parenti, nella loro casetta in montagna. Forse è il loro anniversario. Forse sono gli anni prima della guerra. O magari la guerra è già incominciata, ma lassù al "Nido d'Aquila", in un giorno di festa, si può far finta di nulla. Forse, mentre il direttore delle poste e la giovane moglie davano il loro ricevimento, Dietrich era ad Ettal; o magari era già a Tegel.

Mentre elaborava la sua nuova teologia, Dietrich attendeva ancora la svolta decisiva, la liberazione sua, della Germania, del mondo. Curiosamente, tutto dipendeva da quell'omino coi baffetti del filmato, che quell'anno era stato molto spesso nella sua baita sulle Alpi bavaresi. Il 14 luglio era ancora lì, ma si apprestava a recarsi altrove, a centinaia di chilometri di distanza, tra le foreste che un tempo appartenevano alla Polonia. Una settimana dopo, quell'omino doveva morire e ciò avrebbe segnato finalmente la fine dell'incubo. Perché quell'omino non era il direttore delle Poste centrali di Monaco di Baviera. In altri fotogrammi del filmato, egli non ha più il logoro cappello da montagna, ma un lustro berretto militare, è in uniforme e al braccio porta una fascia con la svastica. L'omino è Adolf Hitler. E la giovane signora è Eva

Braun. In altre scene si distinguono Ribentropp e Goebbels.

Il filmino lo aveva fatto girare proprio lei, Eva Braun, per la sua cineteca personale; doveva evidentemente assecondare il suo desiderio di ritrarre aspetti privati della vita sua e del Führer, come fossero stati una coppia come tante altre. Sono sequenze molto note, perché evidentemente incuriosisce sempre la vita privata degli uomini pubblici e, in modo particolare, quella di un personaggio come Hitler, del quale non si riesce nemmeno a immaginare che potesse avere una vita privata. Eppure, quel filmino ha un valore tutt'altro che frivolo: è un documento esemplare e da questo punto di vista agghiacciante della banalità del male. Anche un feroce dittatore può accarezzare con affetto un cane lupo e scherzare con gli amici o, come accade in un'altra sequenza, accennare a goffissime mosse di danza. E se non si capisce la banalità del male, non si capisce nulla degli incubi e delle immani tragedie della storia.

È quello che penso, mentre mi avvio finalmente anche io nella grande sala ristorante. È una stanza circolare, con delle finestre che si aprono sui monti, e c'è ancora il grande camino in marmo rosso, che so dono di Mussolini. Qui una volta si disponevano a circolo delle poltroncine oppure si preparava un lungo tavolo rettangolare e si ricevevano ospiti stranieri, piuttosto importanti. Hitler aveva infatti adibito la *Kehlsteinhaus*, il «Nido dell'Aquila» come fu battezzata, a propria sede diplomatica, anche se preferiva abitare nella baita sottostante, il *Berghof*, che aveva preso in affitto fin dal 1928 dalla vedova di un uomo d'affari e che oggi non c'è più.

Eva Braun, invece, amava molto la *Kehlsteinhaus*, tanto che proprio nel giugno 1944 aveva voluto che si celebrasse qui il matrimonio della sorella con un ufficiale delle SS.

Mentre prendo posto a un tavolo, accanto a una delle finestre, penso che proprio qui, in questa sala, l'11 agosto del 1939, Hitler e Ribentropp rivelarono a un allibito Galeazzo Ciano, genero del Duce e Ministro degli Esteri italiano, che di lì a poco la Polonia sarebbe stata invasa. Era l'inizio di una guerra che Mussolini aveva preventivato solo per il 1942, ma che Hitler era deciso a scatenare subito, evitando tuttavia fino all'ultimo di informare l'alleato.

Il cameriere mi strappa alle mie reminiscenze storiche. Devo ordinare qualcosa e non solo una birra, perché dopo la scalata e con il freddo che fa non posso stare a stomaco vuoto. Vorrei evitare la carne, dopo l'overdose di ieri sera, ma non è un'impresa da poco. Ecco, però, che gli occhi che scorrono il menu cadono sui *Knödelspinat*, i canederli agli spinaci. Li ordino senza altre esitazioni e sento un brivido nella schiena: mi sono improvvisamente ricordato che Hitler, oltre ad amare i cani, era vegetariano. La banalità del male.

10.

Il 6 giugno del 1944 Hitler fu informato dello sbarco in Normandia proprio mentre si trovava nella sua baita di montagna, il *Berghof*. Neanche quella notizia, tuttavia, lo convinse ad abbandonare la sua amata residenza estiva. Si decise a farlo solo a metà luglio. Qualche giorno prima, aveva ricevuto la visita di un giovane ufficiale dell'esercito, Claus Philipp Maria Schenk, conte von Stauffenberg, che stava facendo una brillantissima, folgorante carriera. Da pochi giorni costui era stato promosso colonnello ed era diventato capo dello stato maggiore della milizia territoriale, una sorta di riserva dell'esercito da usare soprattutto contro i pericoli interni, quali rivoluzioni, insurrezioni, cospirazioni e colpi di stato. Se non che, lo stesso Stauffenberg era un cospiratore, anzi stava diventando l'uomo di punta del complotto!

Stauffenberg, che veniva da una famiglia della migliore nobiltà prussiana e aveva antenati illustri che avevano avuto ruoli di primo piano nelle guerre contro Napoleone, si era a sua volta fatto onore nel servire la patria: sul fronte africano aveva perduto l'occhio sinistro, la mano destra e due dita della sinistra, oltre a riportare gravi lesioni all'orecchio. A quel tempo, peraltro, era già maturata la sua disillusione nei confronti della politica di Hitler che in precedenza aveva seguito con una certa simpatia. Decisive erano state prima la persecuzione contro gli ebrei e poi una guerra che si sta- va risolvendo nella rovina della nazione. Stauffenberg era veramente il rappresentante tipico della resistenza tedesca, sia per l'estrazione sociale, sia per il ruolo di ufficiale, sia per l'ideale nazional-patriottico che lo muoveva e che poneva al di sopra di ogni cosa, compresa la propria vita. Era quell'ideale che a un certo punto lo aveva spinto a prendere le distanze da Hitler, fino ad entrare nella cospirazione. Tuttavia, si distingueva da tanti altri autorevoli esponenti della resistenza – e assomigliava invece in questo a Dietrich e ad Hans – perché non aveva le loro esitazioni, non viveva le loro contraddizioni. Non aveva alcun timore di compiere atti che, secondo un giudizio morale astratto e convenzionale, violavano le leggi dello Stato e le leggi della Chiesa, infrangevano le gerarchie e i principi di disciplina e obbedienza alle autorità superiori. Una volta ad uno di questi potenziali esitanti congiurati, tormentati dai conflitti etici, ad uno di quelli che temevano di commettere "alto tradimento", aveva detto provocatoriamente che egli invece l'alto tradimento lo perseguiva con tutti i mezzi a sua disposizione.

Ormai era diventato proprio lui l'uomo che avrebbe dovuto uccidere Hitler. Era stato il generale Olbricht, l'esponente più alto in grado e più autorevole del complotto, a favorirne la promozione alla guida della milizia territoriale. La milizia territoriale aveva un ruolo cruciale nel piano dei cospiratori, il cosiddetto "Piano Valchiria": essa, nata per fronteggiare proprio i colpi di stato e le insurrezioni, avrebbe dovuto invece neutralizzare le SS e i reparti fedeli al Führer. Inoltre, nel suo nuovo ruolo, Stauffenberg aveva modo di partecipare a tutte le riunioni strategiche convocate da Hitler nel suo quartier generale, difeso da eccezionali misure di sicurezza.

Quell'11 luglio, Stauffenberg, nel recarsi da Hitler quassù sui monti della Baviera, si era fatto "accompagnare" da due bombe! Disgraziatamente, anche quell'occasione fu sprecata. Si riteneva necessario, infatti, eliminare, con Hitler, anche Himmler e Göring. Quel giorno Himmler non si presentò e Olbricht, raggiunto telefonicamente, non autorizzò Stauffenberg a procedere. Stauffenberg obbedì, ma nei giorni successivi riuscì a convincere Olbricht e Beck che ormai occorreva agire anche se Himmler e Göring non fossero stati presenti.

Il 14 luglio Hitler lasciò finalmente il suo rifugio bavarese. Non sarebbe mai più tornato tra questi monti, al Berghof, alla Kehlsteinhaus.

Il 20 luglio convocò una riunione alla "Tana del Lupo", il suo munitissimo quartier generale nella foresta prussiana o polacca. Stauffenberg doveva fare il suo rapporto. Prima di intervenire, avrebbe però dovuto abbandonare la sala con il pretesto di una telefonata urgente, lasciando sotto il tavolo una valigetta con l'esplosivo e un congegno a tempo. Sarebbe quindi dovuto tornare immediatamente a Berlino, dove comunque il Piano Valchiria doveva scattare ancor prima del suo ritorno.

Anche stavolta, come in occasione dei precedenti tentativi, si verificarono degli eventi inattesi. La riunione venne anticipata alle 12.30 a causa dell'arrivo imprevisto di Mussolini, nel pomeriggio. Stauffenberg dovette così accelerare l'operazione di innesco degli ordigni – si trattava di due diverse bombe. Bisogna ricordare che gli restava una sola mano e con due dita mancanti. Doveva quindi aiutarsi con una tenaglia. Si appartò in una stanza ma il capo di stato maggiore Keitel lo mandò a chiamare, irritato per il ritardo. Dovette così rinunciare a innescare una delle due bombe, sperando che un solo ordigno fosse sufficiente.

Ma gli imprevisti non erano finiti. La riunione, dato il caldo, non si stava svolgendo nel bunker di cemento che avrebbe amplificato l'impatto dell'esplosione, ma in un ambiente assai meno congeniale agli scopi dell'attentato, la cosiddetta "baracca delle conferenze", una struttura in legno. È vero che il legno era stato rinforzato con delle mura di calcestruzzo ma le grandi finestre erano tutte aperte. Stauffenberg cominciò forse a dubitare dell'esito del suo tentativo e allora chiese ed ottenne di essere posizionato il più possibile vicino ad Hitler, a causa dei suoi problemi di udito. Alla destra di Hitler vi erano il generale Heusinger che stava tenendo il suo rapporto, il generale Korten e il colonnello Brandt. Stauffenberg si sedette tra questi ultimi due e spinse la cartella sotto il tavolo. Dopo pochi minuti, mentre tutti erano impegnati a seguire la relazione sulla grande carta geografica aperta sul tavolo, riuscì ad abbandonare la sala. Ma vi fu ancora l'ultimo evento fortuito. Si presume che il colonnello Brandt, cercando di avvicinarsi ad Heusinger e ad Hitler e sporgendosi sul tavolo per guardare la carta, abbia inciampato con il piede nella borsa che era dinanzi alla sedia lasciata vuota da Stauffenberg e l'abbia spinta dietro il grande zoccolo di legno al centro del tavolo, allontanandola dall'estremità ove si trovava Hitler. Questo gesto gli costò la vita e salvò quella del Führer, il quale, quando la bomba esplose, se la cavò con escoriazioni di poco conto alla gamba e con un trauma più serio all'orecchio che tuttavia non lo metteva certo in pericolo di vita. Ancora una volta, il Führer si era salvato per una serie di circostanze fortunate e imponderabili, la cui sequenza è così sbalorditiva da sembrare un'agghiacciante, vivissima rappresentazione del concetto teologico del nascondimento di Dio o del Dio che si lascia scacciare dal mondo.

Stauffenberg tornò a Berlino, dopo aver udito l'esplosione e senza sapere che Hitler si fosse salvato. Le notizie provenienti dalla "Tana del lupo" erano confuse e incerte, ma si decise di far scattare lo stesso il piano che però fu neutralizzato in poche ore. La sera di quello stesso giorno, furono arrestati Stauffenberg ed altri fra i principali protagonisti del tentato golpe; fra loro, il generale Beck, che aveva avuto la carica di capo di stato maggiore ma si era dimesso nell'estate del 1938, in dissenso con la politica di Hitler, ed era diventato il punto di riferimento più prestigioso della resistenza, ed il generale Olbricht, che ne era il capo effettivo. Furono arrestati dal generale Fromm, uno di quelli che essi avevano cercato di attirare nella congiura ma che aveva mantenuto il piede in due staffe. Beck ottenne di potersi uccidere da sé con la sua pistola, ma si procurò solo una ferita di striscio. Con il volto cosparso di sangue sparò una seconda volta ma fallì di nuovo, perdendo tuttavia i sensi. Un sergente lo finì allora con un colpo alla nuca. Intanto Stauffenberg e gli altri erano stati trascinati nel cortile per essere fucilati alla schiena. La frase urlata dal conte von Stauffenberg prima di morire qualifica l'uomo e il senso della sua sfortunata missione: "Lunga vita alla santa Germania"!

Agli altri andò anche peggio. Fromm aveva voluto delle condanne immediate, sperando di guadagnare punti agli occhi di Hitler e di nascondere il ruolo ambiguo che aveva giocato. Ma quando il comandante delle SS Skorzeny (la "primula nera" che aveva liberato Mussolini al Gran Sasso) prese il controllo della situazione capì che era molto più conveniente rimandare le esecuzioni per strappare agli arrestati i nomi dei complici. Con quali metodi si può ben immaginare.

Alla fine si contarono, secondo una fonte, circa 5000 giustiziati su 7000 arrestati. Fromm, il doppiogiochista, fu presto smascherato ed ottenne solo di essere fucilato, piuttosto che impiccato.

A Berlino, i due quartieri ancor oggi così diversi di Charlottenburg, di cui è parte Grunewald, e di Wedding, dove Dietrich aveva svolto il suo servizio per quei giovani proletari, sono tuttavia confinanti fra loro e proprio dove si incontrano sorge uno dei pochi edifici del Terzo Reich che siano rimasti in piedi. A mio avviso, è il luogo di memoria più sinistro ed agghiacciante della città. L'edificio era una prigione, la prigione di Plötzensee. Qui furono portati, nei giorni successivi al fallito attentato, 89 degli arrestati e condannati a morte. Gli ordini di Hitler erano di impiccarli e appenderli come bestie.

La stanza delle esecuzioni è stata attentamente ricostruita e al muro sono montati gli uncini, presi nelle macellerie, a cui, otto per volta, i condannati furono appesi, dopo esser stati legati al collo non con il solito e spesso cappio, ma con più sottili corde da pianoforte, in modo da evitare l'immediata rottura dell'osso del collo e provocare una lenta e atroce morte per strangolamento. La scena fu accuratamente filmata e venne visionata con soddisfazione da Hitler. Il mio sguardo, invece, quando fui lì, non riusciva a sostenere la vista di quel muro, di quei ganci da macello, e si poggiava sulle corone di fiori; gli occhi volevano diventare fiori tra i fiori, in tributo a quei morti.

Poco distante vi è anche il Memoriale della resistenza tedesca, sul luogo dove sorgeva il quartier generale dell'esercito e nel cui cortile Stauffenberg e gli altri vennero fucilati. *È* oggi un museo che conserva ed espone una documentazione molto significativa e istruttiva, ma non dà i brividi di orrore della vecchia prigione.

Accade lo stesso per il luogo più celebre e più visitato fra quelli che devono tener viva la memoria dei crimini del nazismo e, in particolare, della Gestapo. Ha il vantaggio, per i turisti, di trovarsi proprio al centro (ed anche quello di essere gratuito), laddove sorgeva l'Ufficio centrale di sicurezza, ossia il comando della Gestapo e dove erano anche le famigerate prigioni sotterranee. L'allestimento è stato chiamato *Topographie des Terrors*. Naturalmente, un anno fa, a Berlino, visitai anche questo memoriale, visto che pure quelle spaventose prigioni sotterranee ebbero un ruolo centralissimo nella storia che stiamo raccontando.

11.

Anche i nostri detenuti, dopo il fallito attentato, finirono per trovarsi completamente in balia della Gestapo. Hans fu portato al lager di Sachsenhausen.

Dietrich aveva ormai compreso che la situazione rischiava di precipitare da un momento all'altro. Si mise ad organizzare un piano di fuga con l'aiuto di un secondino che gli era fedele. Avrebbero dovuto fuggire entrambi, travestiti da operai. Renate, la moglie di Eberhard, con sua madre Ursula, l'altra sorella di Dietrich, e con il padre Rüdiger, consegnarono a questo secondino un pacco che conteneva una tuta da meccanico per Dietrich, dei passaporti falsi e del denaro. Il pacco avrebbe dovuto essere nascosto in giardino. La fuga era prevista per i primi giorni di ottobre. Il 30 settembre vi fu però un grave imprevisto. Una macchina della Gestapo si presentò dinanzi alla stessa casa di *Marienburger Allee* nella quale un anno e mezzo prima era stato arrestato Dietrich. Stavolta portarono via il fratello Klaus. Due giorni dopo anche Rüdiger Schleicher, cognato di Dietrich, fu arrestato nel suo ufficio del ministero. Caddero anche altre persone che avevano collaborato con i cospiratori e li avevano coperti. Quegli arresti facevano seguito, non direttamente ai fatti del 20 luglio, ma a una scoperta della quale tra poco parleremo.

Klaus e Rüdiger, qualche mese dopo, furono condannati a morte, ma la condanna non fu eseguita subito ed ebbero una possibilità di salvarsi.

Dietrich rinunciò al piano di fuga per non aggravare la posizione dei suoi familiari e non rischiare ripercussioni anche sui genitori e la fidanzata. Ora si trattava veramente di vegliare con Cristo nel Getsemani.

Topographie des Terrors occupa un ampio spazio, aperto da un lato sulla *Wilhelmstrasse*, appena un isolato a ovest di uno dei luoghi più celebri e fotografati di Berlino, il *Checkpoint Charlie*, che negli anni del Muro era un famoso punto di passaggio fra la DDR e l'Occidente. E proprio la vicinanza del Muro ha limitato le costruzioni nell'area dove erano rimasti i ruderi del quartier generale della Gestapo e delle SS. Vi è solo un edificio a forma di cubo, dove è allestita una mostra sul terrore nazista. Per il resto, si vaga nello spazio vuoto, sui resti delle fondamenta dei palazzi, guidati da cartelli che spiegano che tipo di edifici sorgevano qui una volta. Si nota anche il perimetro di qualche cella, spazi molto angusti, e si cerca vanamente di immaginare quel che erano una volta quei mattoni rossi. Ma resta tutto molto remoto.

Nel suo *Getsemani*, Dietrich cerca di trovare un senso alla propria fine, ad una morte che ormai gli appare inevitabile e imminente.

Negli ultimi tempi si è messo a scrivere anche delle poesie. Alla fine saranno dieci componimenti. Le ultime tre sono successive a questi ultimi drammatici sviluppi che abbiamo raccontato. La terzultima e la penultima, in particolare, sono poesie sulla morte. Dietrich sceglie per entrambe un soggetto biblico: la morte di Mosè e il personaggio di Giona. In quest'ultimo c'è anche un'allusione al suo vano tentativo di fuga: anche Giona aveva cercato inutilmente di sfuggire alla meta e alla missione assegnatagli da Dio.

Pure il Mosè della poesia è una figura che allude palesemente al suo autore. Egli è arrivato in vista della "terra promessa" – a settembre del 1944 tutti ormai sanno che per la fine del nazismo e della guerra è questione di mesi e non di anni – ma Dio lo ha chiamato, lo ha portato sul monte Nebo, gli ha mostrato tutta quella terra e gli ha detto che lui, tuttavia, non vi entrerà. Mosè, nel racconto biblico, deve morire sul monte Nebo, perché anche lui è stato "infedele", anche la sua fede ha vacillato alle "acque di Meriba". Ma quando, come e perché credeva, Dietrich, che avesse vacillato anche la propria fede e si fosse manifestata una sua infedeltà? Quali erano state le sue "acque di Meriba"? Forse era accaduto nei primi tempi della prigionia, quando era stato colpito dall'*acedia-tristitia*, forse era successo non una volta sola o in un momento definito, ma ripetutamente; forse, era stato quando aveva deciso di partecipare alla cospirazione, con piena convinzione, ma anche consapevole di assumere su di sé la colpa che quell'azione, come ogni azione operata nella libera responsabilità, comportasse.

Dal suo "monte Nebo", Dietrich vedeva, però, proprio come il Mosè della sua poesia, qualcosa che era insieme castigo e dono: a lui e ad altri come lui, come a Mosè, restava ancora l'entusiasmante, ultimo compito di mostrare un futuro ormai prossimo, di spronare all'ultimo sforzo: *Dunque entra, popolo mio, ti invita e ti chiama/la libera terra, la libera aria/ […] Mira lo splendore della terra promessa,/tutto è vostro e voi siete liberi!*

Ma Dietrich non era ancora veramente sul monte Nebo, né il suo popolo era ancora alle soglie della terra promessa. La sua mente stava immaginando tappe future. Dietrich, la Germania, il mondo avevano ancora un po' di cammino da percorrere, nel deserto.

La cosa più vera e inquietante che trovai nell'allestimento di *Topographie des Terrors* furono le foto del vecchio quartier generale della Gestapo in *Prinz-Albrecht-Strasse* (oggi la strada ha un altro nome). Le foto del sinistro edificio quando era in piena attività e le foto che lo ritraggono sventrato, spettrale a guerra finita. Immaginai le prigioni sotterranee, dove venivano rinchiusi, interrogati, torturati, sfiniti, i prigionieri politici. Mi sentii subito stringere in una morsa di angoscia.

La mattina del 5 ottobre 1944, un comandante delle SS entrò nell'infermeria del lager dove si trovava Hans. Gli gettò sul letto un documento ed esclamò trionfante: «finalmente abbiamo trovato quello che da due anni andavamo cercando contro di lei!» Si trattava di un memorandum per i generali da coinvolgere nel golpe, scritto nell'inverno 1939-40, e di un appello al popolo tedesco, che avrebbe dovuto pronunciare il generale Beck non appena scattato il colpo di stato.

I documenti che incastravano Hans, Beck, Oster, Canaris e lo stesso Dietrich erano stati trovati in una cassaforte dell'*Abwehr*. Oltre a quelle citate c'erano molte altre carte eloquenti che documentavano i piani del colpo di stato e i contatti con gli inglesi, compresa anche una corrispondenza sui viaggi di Dietrich e sul suo incontro con il vescovo Bell.

Da quel momento in poi, l'unica carta che Hans poté giocare fu la sua malattia – la difterite gli provocava paralisi diffuse, al viso, al palato, alle braccia, alle gambe. Cercò il modo di aggravare e prolungare i sintomi in un sovrumano, disperato tentativo di sottrarsi agli interrogatori, di rinviare *sine die* il processo e salvare soprattutto i suoi compagni di congiura.

Intanto, però, domenica 8 ottobre Dietrich era stato portato via da Tegel e condotto al ben più duro e inquietante carcere sotterraneo della Gestapo, in Prinz-Albrecht-Strasse. Proprio quello sui cui ruderi oggi si trova l'allestimento detto *Topographie des Terrors*. Via via, in quelle prigioni al centro di

Berlino furono rinchiusi tutti i cospiratori, compresi Hans, Canaris, Oster e Josef Müller, per essere sottoposti a lunghi interrogatori con metodi che preferiamo non immaginare neanche. Un nutrito numero di persone, che aveva prestato aiuto alla cospirazione e formato la rete che tanto aveva giovato ad Hans e Dietrich, fu ugualmente arrestato e interrogato. Un industriale amico della famiglia di Dietrich era tra questi; un giorno pregò Eberhard – anche lui più volte interrogato – di procurargli del veleno, perché non riusciva a reggere le torture.

A differenza del periodo di Tegel, sappiamo ben poco della vita di Dietrich nel carcere della Gestapo. Non poté ricevere visite e gli fu concesso di scrivere solo pochissime lettere. Una di queste a Maria, per Natale.

Maria si era ormai trasferita a Berlino per stare più vicina a Dietrich e nella speranza che le fosse concessa una visita al prigioniero. Riuscì, mostrando grande ardimento, ad arrivare anche al comandante delle SS che dirigeva l'inchiesta – lo stesso che aveva gettato sul letto di Hans i documenti che incastravano il gruppo. Purtroppo non poté entrare nel carcere della Gestapo. A fine gennaio, andò ancora una volta fino a casa sua, dalla sua famiglia, per una breve visita. Era appena giunta lì, nella Prussia orientale, che l'artiglieria sovietica cominciò a bersagliare il villaggio. Per non rimanere bloccata dall'arrivo dell'Armata Rossa si dispose a tornare a Berlino. Nella neve e con parecchi gradi sotto zero, riuscì a passare l'Oder e l'Elba e a ritornare nella capitale tedesca dopo due settimane di viaggio. Ma qui seppe che Dietrich non era più nella prigione della *Prinz-Albrecht-Strasse.* Partì per cercare di rintracciarlo. Andò a sud, tra le mille difficoltà dovute alle restrizioni belliche, ai bombardamenti e al freddo. Lo cercò nei vari campi di concentramento. Fu anche a Dachau e a Flössenburg. Nessuno sapeva dirle nulla di Dietrich.

Un'idea più chiara e più potente di quella che poteva essere la condizione di un detenuto in quelle celle sotterranee della Gestapo me la sono fatta allo *Jüdisches Museum,* il museo ebraico di Berlino, una geniale realizzazione del grande architetto Libeskind, che pure non ha nulla a che vedere con una prigione. Il museo è davvero imperdibile. L'esposizione vera e propria si trova al primo piano, ma è al piano terra che per qualche istante mi è parso di poter rivivere l'angosciosa esperienza dei detenuti politici (che ovviamente non erano ebrei, perché gli ebrei venivano deportati nei lager e si sa come finivano). Libeskind ha organizzato il pianterreno lungo tre direttrici, tre spogli corridoi che si incrociano. Una di queste strade, che poi è l'asse principale, è chiamata "via dell'esilio" e porta al giardino dell'esilio, una specie di foresta pietrificata con colonne di cemento inclinate che danno il capogiro e vogliono forse rappresentare il disorientamento della diaspora. Un altro corridoio è invece denominato "via dell'esclusione" e conduce a una torre alta 24 metri, spoglia, buia e gelida. Entrarvi dà subito un senso di oppressione. Gli occhi, tuttavia, percepiscono un chiarore che cala dall'alto; e in alto, se si alza il capo, si scorge una stretta feritoia da cui entra una piccola luce.

Quella luce accompagnò costantemente Dietrich nella sua prigionia, prima a Tegel, poi nel terribile carcere della Gestapo, e non si spense mai.

12.

Hans, intanto, subiva il più ignobile dei trattamenti. Il 25 febbraio riuscì a far giungere alla moglie Christine una lettera, nascosta in un pacco di biancheria. Diceva che era stato nelle mani di un funzionario che in fatto di brutalità non gli aveva risparmiato nulla. «Credeva di piegarmi e di ridurmi in sua balia», scrisse. Evidentemente non vi era riuscito. A Christine, Hans confidava anche di usare la sua malattia «come un mezzo di lotta». L'obiettivo era sempre quello: guadagnare tempo, ostacolare il procedere delle indagini, impedire gli interrogatori, evitare di essere portato in tribunale e arrivare così alla fine della guerra – a cui in realtà mancavano solo due mesi. Di notte si esercitava segretamente a camminare, per non rischiare un'atrofia muscolare, ma di giorno aggravava i suoi sintomi e si fingeva completamente paralizzato. La cosa migliore, aggiungeva, sarebbe procurarsi una potente dissenteria. Chiese persino di mandargli del cibo infetto. Era deciso a procurarsi in qualche modo una nuova e seria malattia per poter continuare efficacemente il suo ostruzionismo, dato che svenimenti e finti attacchi di cuore non facevano più impressione. Era una singolare ed eroica forma di resistenza.

Le sue condizioni di salute indussero i nazisti a lasciarlo a Berlino, quando tutti gli altri, Dietrich compreso, dovettero essere allontanati. Era accaduto che il 3 febbraio le bombe alleate avevano distrutto molti uffici della Gestapo e reso impraticabile anche buona parte della prigione sotterranea. I detenuti furono fatti salire su due cellulari, diretti a due diversi campi di concentramento. Su quello di Dietrich c'era anche l'avvocato Müller, che un tempo lo aveva introdotto a Ettal. Li portarono a Buchenwald.

Un sopravvissuto del lager ricorda così Dietrich: «Era tutto umiltà e dolcezza. Sembrava sempre emanare da lui un'atmosfera di bontà, di gioia nei piccoli avvenimenti della vita, di profonda gratitudine per il semplice fatto che lui c'era ancora». E aggiunge come, a differenza di tutti gli altri che si lamentavano di continuo, egli era sempre perfettamente calmo e normale e sembrava perfino a suo agio. Questo stesso contegno esteriore aveva profondamente impressionato anche i secondini e i compagni di prigionia di Tegel.

Dal lager si sentiva ormai il fragore dell'artiglieria americana. Nessuno pensava più che si potesse svolgere un processo, né i prigionieri, né i loro carcerieri.

Il 5 aprile Hitler dette l'ordine di liquidare rapidamente i cospiratori. La sera stessa il medico che seguiva Hans seppe che lo avrebbero trasferito. Lo imbottì di droghe per renderlo inabile agli interrogatori. La mattina dopo, di buon'ora, giunse il commissario della Gestapo. Il medico cercò di capire che cosa stesse per accadere.

«Volete incominciare adesso il processo?» chiese.

Si sentì rispondere che la cosa era già conclusa. Chiese se questo significava la fine di Hans. L'altro rivelò allora la sua mente di uomo piccolo e meschino, dietro la divisa che portava. Gli rispose che Hans aveva cospirato contro il Führer che pure gli aveva dato «un posto così ben pagato». Il medico lo incalzò ancora: «Avete già l'accusa? Sarà avviato un processo?».

«Abbiamo già tutto in mano contro di lui, non ci serve nient'altro» fu la gelida risposta. E quando il medico trepidante chiese ancora una volta se ciò significava la morte, l'altro restò muto e se ne andò con un'alzata di spalle. Quella stessa mattina fu inscenato un processo sommario. Hans giaceva in stato di semicoscienza sulla barella. Fu condannato a morte.

Intanto, si era data disposizione che anche coloro che erano stati portati a Buchenwald e che dovevano essere ugualmente condannati a morte fossero condotti nell'altro lager, quello di Flössenburg e riuniti con gli altri. Da Buchenwald partì così un cellulare, ma insieme a Dietrich e a Müller c'erano anche alcuni che non facevano parte del gruppo da liquidare e che dovevano scendere in un'altra località, fra Ratisbona e Passau. Per errore fecero scendere lì anche Dietrich. Forse un evento fortuito come quelli che avevano ripetutamente salvato Hitler poteva risparmiare anche la sua ben più nobile vita.

Dietrich era finalmente riuscito a spedire una lettera a casa, in vista di Natale. Vi era acclusa una nuova poesia, l'ultima delle dieci. Era dedicata a Maria, ai genitori, ai fratelli e alle sorelle. Si intitolava *Da potenze benigne*. Il teologo, ormai, si trovava nel suo *Getsemani*, di fronte a Dio che, come dicono i suoi versi, gli porgeva *il duro, amaro calice della sofferenza, ripieno fino all'orlo*. Ma dalla Sua *buona, amata mano*, continuava, noi, quel calice, *lo prendiamo, senza tremare*. Non era la poesia edificante di un uomo ormai condannato a morte per una giusta causa, non erano le frasi eroiche di un martire, non era nemmeno l'ennesimo tentativo di confortare i suoi cari (o meglio, non solo e non soprattutto questo). Era tutta la "passione" di quei mesi a Tegel che appariva ora effettivamente, miracolosamente, meravigliosamente trasformata, sotto la custodia fedele, la protezione e la consolazione di «potenze benigne». Quali fossero queste potenze, che non lo abbandonavano neanche nelle celle della Gestapo, che anzi lì aveva avvertito più forti, lo chiariva nella lettera stessa inviata a Maria:

> *È* come se nella solitudine l'anima sviluppasse dei sensi che nella vita quotidiana non conosciamo. Così non mi sono mai sentito solo e abbandonato nemmeno per un istante. Tu, i genitori, voi tutti, gli amici e gli allievi al fronte mi siete sempre presenti. Le vostre preghiere, i vostri buoni pensieri, le parole della Bibbia, i discorsi di tanto tempo fa, la musica, i libri prendono vita e realtà come mai prima d'ora. *È* un grande regno invisibile, in cui si vive e della cui realtà non si dubita. La vecchia canzone d'infanzia sugli angeli dice: "due che mi addormentino, due che mi sveglino", ma questo essere protetti mattino e sera da invisibili potenze benigne è qualcosa di cui noi adulti abbiamo bisogno non meno dei bambini.

Dio stesso, forse, nel mentre ci porge il calice amaro della sofferenza, dispiega tutta la sua forza di consolazione proprio attraverso l'immagine, la presenza nella mente di certe figure care e fedeli che si trasformano così in spiriti benigni. Nel mondo senza Dio di una cella sotterranea della Gestapo, quelle potenze benigne gli consentivano di scorgere nelle tenebre la luce di Dio, di ascoltare, nel silenzio, *l'alto canto di lode* di tutti i suoi figli. Il Dio cacciato dal mondo, il Dio che ci abbandona, si rivelava ora, in quella prigione, una presenza costantemente vicina *alla sera e al mattino, e certissimamente, in ogni nuovo giorno*. Era avvenuta, come scriveva nella poesia, una trasformazione meravigliosa. E meraviglioso in tedesco si dice *Wunderbar,* che ha la radice di *Wunder,* miracolo.

Il 7 aprile, il comandante delle SS, che doveva occuparsi del processo conclusivo contro Oster, Canaris, Dietrich e altri ancora, raggiunse Flössenburg. Ma Dietrich non si trovava. Furiose, le guardie, che non lo avevano mai visto, gridarono in faccia a più di un detenuto, compreso l'avvocato Müller, di non fare la scena perché sapevano bene che era lui quello che era sparito. Gli uomini dei regimi dispotici riescono a inscenare involontariamente delle ridicole commedie anche nelle circostanze più tragiche.

Intanto, Dietrich aveva solidarizzato con gli altri detenuti, nel luogo dove era stato portato per sbaglio. L'8 aprile era la domenica in Albis e gli altri prigionieri gli chiesero un servizio divino. Molti di loro erano cattolici. Dietrich tenne una meditazione biblica e lesse i testi della domenica. Aveva appena finito, quando fecero irruzione due persone, in abiti civili, e gli dissero di prepararsi a partire. Fece in tempo a tracciare il suo nome sul Plutarco che aveva ricevuto dai genitori. Abbandonò lì il libro per lasciare una traccia dei suoi movimenti.

13.

Il mio viaggio in Baviera è finito ma, tornando verso Monaco, ho deciso di fermarmi ancora un giorno nella quiete delle Alpi. E ho preso una stanza a Oberammergau, un paesino famoso soprattutto per una grandiosa rappresentazione vivente della Passione di Cristo che viene inscenata ogni anno per le strade del borgo, con l'attiva partecipazione degli abitanti e una gran folla di turisti. Ad Oberammergau, come del resto in altri villaggi delle Alpi bavaresi, vi sono le tipiche "case dipinte" e, com'era prevedibile, gli affreschi sono spesso sul tema della Passione. Una tappa qui mi è parsa in sintonia con la storia che stavo rievocando. Ma forse, inconsciamente, mi ha spinto un altro motivo legato alla medesima storia. O forse una forza invincibile voleva che tornassi sui miei passi...

Ad Oberammergau sono arrivato nel tardo pomeriggio. C'è un caldo afoso. La *Pilatus Haus,* con gli affreschi che raffigurano Gesù dinanzi al prefetto romano, è la più famosa anche se forse non la più bella delle case dipinte. Sorprendente è soprattutto la finta architettura della facciata: il portone d'ingresso, reale, è contornato da un colonnato, finto, che regge una loggetta, pur essa finta, ossia dipinta, dove stanno il seggio del prefetto e, appena sotto, gli scalini con Gesù portato via da due guardie. Ai lati della scena, due finestre, vere, poggiano ciascuna su una coppia di finte colonnine che congiungono le finestre ai due palchetti laterali, anch'essi dipinti, dove stanno scribi e sacerdoti intenti ad accusare Gesù. Dai palchetti laterali due scale di marmo scendono al cortile dinanzi alla casa. Le scale sono dipinte, il cortile è quello reale.

Verità e finzione si confondono nella facciata della "Casa di Pilato".

«Che cos'è verità?» chiede Pilato a Gesù, nel racconto dell'evangelista Giovanni.

«Che cosa significa dire la verità» è il titolo di un breve saggio che Dietrich scrisse nei primi mesi di prigionia, innescando sulla sua esperienza di cospiratore, che lo costringeva a dissimulare e anche a mentire, una riflessione ben più profonda sul concetto di verità. È verità che Pilato e i sacerdoti abbiano tutto il potere e che Dio si sia fatto inerme nel suo Figlio fino a lasciarsi condannare al più atroce e umiliante dei supplizi? Erano verità la potenza crudele e insolente della Gestapo e il supplizio di Hans, di Dietrich e tanti altri?

Sto andando a cenare e per raggiungere il ristorante devo uscire dal paese, in direzione sud, camminando lungo *Ettaler Strasse*, la strada che porta ad Ettal. L'Abbazia è ad una manciata di chilometri da qui, il mio viaggio, senza che neanche me ne rendessi conto, ha fatto un ampio giro per tornare al punto di partenza. Nemmeno domani andrò a Monaco. Non subito. Domani tornerò ad Ettal. E lì forse saprò che cos'è verità.

La mattina del lunedì 9 aprile 1945, nel campo di concentramento di Flössenburg, vengono impiccati l'ammiraglio Canaris, il generale Oster, il giudice militare Sack e il pastore e teologo Dietrich Bonhoeffer, perché è lui l'uomo di cui abbiamo raccontato finora la vicenda. Di Bonhoeffer sono state tramandate queste ultime parole: «per me è la fine, ma anche l'inizio». In seguito, il medico del campo ha messo in circolazione una versione edificante degli ultimi minuti di vita del teologo: Bonhoeffer si sarebbe raccolto in preghiera e poi, completamente calmo e con aria devota e fiduciosa, sarebbe salito sul patibolo, spirando in pochi secondi. Purtroppo si tratta di una leggenda. Le SS non permisero a nessuno di pregare. Furono rispettati gli ordini di Hitler e la macabra procedura fu identica a quella già usata nelle prigioni di Plötzensee. Non c'era una forca vera e propria; i condannati vennero strangolati, uno alla volta, con sottili corde di pianoforte, il piano che Dietrich suonava così bene, issandoli a un ferro a forma di L piantato nel muro. La morte fu lenta e avvenne sicuramente fra atroci sofferenze. Tuttavia, è plausibile che Dietrich Bonhoeffer si sia mostrato esteriormente tranquillo anche in questa estrema circostanza, com'era capitato durante tutta la sua lunga detenzione. È poi certo che egli sia morto senza permettere ai suoi aguzzini di strappargli neanche un'oncia della sua dignità.

In quello stesso giorno venne ucciso a Sachsenhausen suo cognato, l'indomabile Hans von Dohnanyi.

Klaus Bonhoeffer, il fratello di Dietrich, e Rüdiger Schleicher, un altro suo cognato, pur condannati a morte fin dai primi di febbraio, negli ultimi giorni di guerra erano ancora detenuti. Himmler stava infatti cercando segretamente di negoziare con gli Alleati, sganciandosi da Hitler, e pensava di utilizzare alcuni prigionieri, tra cui appunto il fratello e il cognato di Dietrich, per stabilire dei canali diplomatici. Ma il 23 aprile si dovettero frettolosamente evacuare le prigioni della *Lehrter Strasse* dove i due erano rinchiusi. Klaus Bonhoeffer e Rüdiger Schleicher vennero così fucilati per strada.

Due giorni dopo, venne invece liberato Eberhard Bethge, il più caro amico di Bonhoeffer, detenuto nelle stesse prigioni.

I genitori di Dietrich e la fidanzata Maria von Wedemayer restarono all'oscuro di tutto per mesi. Solo a giugno Maria, che aveva continuato disperatamente a cercare Dietrich, apprese che l'uomo che avrebbe dovuto sposare era morto da tempo. Karl e Paula Bonhoeffer, già affranti per la morte di uno dei figli, vennero a sapere di aver perso anche Dietrich ancora più tardi, a luglio, quando la radio inglese trasmise un servizio funebre in sua memoria.

L'avvocato Müller riuscì fortunosamente a scampare al massacro finale dei congiurati e divenne uno dei fondatori della CSU, il partito cristiano-sociale bavarese.

L'abate di Ettal non subì conseguenze e continuò a guidare l'abbazia fino alla morte, negli anni Cinquanta.

Christine von Dohnanyi, moglie di Hans e sorella di Dietrich, è morta nel 1965.

Il figlio Christoph, che aveva studiato ad Ettal e che usava scrivere allo zio Dietrich a Tegel, è diventato un famoso direttore d'orchestra.

L'altro figlio di Hans e Christine, Klaus, è stato sindaco di Amburgo, negli anni '80.

Il padre di Dietrich, Karl Bonhoeffer, è morto nel 1948, in seguito a un colpo apoplettico.

La madre, Paula von Hase, è vissuta fino al 1951.

Entrambi hanno portato con discrezione il loro immenso dolore, nello stesso modo con cui avevano affrontato ogni avversità della vita. Il padre aveva scritto a un collega, poco dopo aver appreso della morte di Klaus e Dietrich, che i loro figli erano ben consapevoli dei rischi a cui si esponevano, ma che tutti in famiglia erano d'accordo sulla necessità di

agire. Aggiungeva che lui e sua moglie, sebbene tristi, erano
orgogliosi per la condotta retta e coerente dei loro figli.

Eberhard Bethge è morto novantenne, nel 2000. Insieme
alla moglie Renate, nipote del teologo, ha curato la pubblica-
zione delle lettere che Dietrich ha scritto e ricevuto a Tegel,
con il titolo di *Resistenza e resa*. Queste lettere sono oggi
una straordinaria testimonianza teologica, umana e civile.
Eberhard e Renate Bethge hanno curato anche l'edizione
critica delle opere complete di Bonhoeffer, che oggi non si
può non considerare uno dei massimi teologi di ogni tempo.
Renate è vivente.
Il loro primogenito, che avevano chiamato Dietrich e che
aveva ricevuto il battesimo mentre Bonhoeffer era a Tegel,
è diventato anche lui un musicista, come l'altro ragazzino
di cui si è parlato in questa storia, il figlio di Hans von Dohnanyi. Dietrich Bethge è' un violoncellista e da tempo vive
a Londra.

Maria von Wedemeyer, nell'autunno del 1945, si iscrisse
alla facoltà di matematica di Göttingen. Nel 1948 si trasferì
in America, inizialmente per completare gli studi presso un
college. Intanto si era fidanzata con uno studente conosciuto a Göttingen, che poi l'avrebbe raggiunta dall'altra parte
dell'Oceano. Si sposarono tempo dopo. Ebbero due figli e
vissero per qualche anno vicino Filadelfia. Maria incominciò
a lavorare nel settore informatico. Il matrimonio, tuttavia,
andò in crisi e divorziarono nel 1956. Tre anni dopo, Maria
si risposò con un imprenditore americano, che aveva già due
figli che stavano con lui. Per prendersi cura dei quattro ragazzi, Maria lasciò il lavoro. Neanche questo matrimonio fu
felice e arrivò il secondo divorzio. Però, quelli che seguirono
furono comunque per lei gli anni più ricchi di soddisfazioni:
riprese con grande successo la sua carriera – intanto c'era

stato il boom dell'informatica – riuscendo a mantenere agli studi i figli e alla fine coronando anche il sogno di una casa di legno affacciata sull'Oceano.

Pur conservando per anni i rapporti con la famiglia Bonhoeffer, Maria si era tenuta ai margini delle celebrazioni e della fama che avevano investito in modo crescente il suo antico fidanzato, fedele, in fondo, allo stile che era stato di entrambi. Una volta, con uno dei suoi fratelli, si era però lasciata sfuggire questa frase: «Mi stupisco sempre di quanto io sia ancora incredibilmente vulnerabile riguardo a Dietrich e al mio rapporto con lui». Dalla morte di Bonhoeffer erano ormai passati quasi trent'anni. Nel febbraio del 1976 si convinse, tuttavia, ad accettare l'invito per un convegno internazionale sul teologo, a Ginevra. Ne rimase molto contenta: «È stato un incontro molto gioioso» disse, «proprio nello spirito di Dietrich».

Meno di due anni dopo la sua vita venne troncata, a soli 53 anni, da una brutta malattia e dopo quattro inutili interventi chirurgici.

14.

Sono arrivato appena in tempo. Percorro in fretta gli ultimi metri del viale e salgo agilmente la scalinata, varcando il portale della sontuosa chiesa abbaziale, sotto gli occhi di un monaco che si appresta a bloccare gli ultimi ritardatari. Il concerto sta per iniziare. Prendo posto in uno dei banchi e subito entrano tre musicisti accolti da un fragoroso applauso. Non ho fatto neanche in tempo a leggere il loro nome sulla locandina affissa nella hall dell'albergo e ho gettato solo uno sguardo fugace al programma – mi pare che ci siano pezzi di Chopin e Liszt, ma non ricordo quali. Il mio sguardo è stato catturato dalla data – oggi – e dall'orario – che era di lì a poco! Mi sono precipitato fuori, ho attraversato la strada senza neanche curarmi di semafori e passaggi pedonali, rischiando seriamente di farmi investire e prendendomi un sonoro strombettio di clacson; sono entrato nel chiostro, l'ho percorso a gran balzi, ed eccomi qui! Devo essere incappato proprio in un evento musicale importante, perché a quanto pare l'abate stesso si è scomodato a presentare i musicisti. Due di loro, però, si sono accomodati nella prima fila, tra il pubblico, e l'abate è rimasto con il terzo, accanto al pianoforte che hanno sistemato ai piedi dell'altare maggiore. Dice che è molto lieto di dare il benvenuto a un vecchio allievo del Collegio benedettino che è ormai diventato un prestigioso direttore d'orchestra – anche se stasera si esibisce in veste di pianista – e un musicista di fama internazionale. È un signore alto e di solida corporatura, con i capelli argentati e abbastanza lunghi. Noto il ciuffo sulla fronte e lo immagino ondeggiare mentre dirige o si accalora sulla tastiera del suo strumento. Eseguirà la sonata per piano in si minore di Liszt, perché, dice l'abate, bisogna ricordare che la famiglia del nostro artista è di origini ungheresi ed il nonno, grande musicista anche lui, lo ha iniziato alla musica. Qui nel coro di Ettal lo abbiamo accolto giovinetto e lo abbiamo pure perfezionato, dice l'abate, facendo ridere il pubblico. Infine, ci lascia all'ascolto dopo aver pronunciato un nome. E a quel nome, un lungo, intenso, profondo brivido mi solca la schiena come una corrente elettrica: Christoph von Dohnanyi! È il figlio di Hans e Christine, il nipote di Dietrich!

Per tutto il tempo dell'esecuzione sono rapito e al settimo cielo. Tuttavia, questo non compromette e anzi favorisce la concentrazione sulla musica: la sonata mi appare di una complessità stupefacente, mi conquista l'andamento drammatico, con un contrappunto, a tratti, fra un tema vigoroso e un altro che pare sarcastico, sbeffeggiante e poi, alla fine, quell'estinguersi mesto dei suoni. Mi è sembrata la traduzione musicale della tragica ed eroica vicenda di Hans von Dohnanyi, del padre di questo signore che sta suonando. E sono ritornati i brividi.

Ma ecco gli applausi convinti, appassionati. Christoph, dopo aver a lungo ringraziato, presenta egli stesso gli altri due artisti, che intanto lo hanno raggiunto di fronte al pubblico. Dice che per lui sono non solo due eccezionali colleghi, ma due carissimi amici, perché amiche sono da tanto tempo le loro famiglie. Il primo, il violoncellista, è più basso di Christoph, ha un'aria meno austera, un'espressione bonaria. Anche lui ha i capelli, che devono esser stati biondi, ormai argentati ed è appena un po' stempiato. Un pensiero mi si insinua nella mente ma cerco di tenerlo a bada: no, non può essere che ci sia pure lui, questo sarebbe davvero troppo incredibile! Ma al suo nome, il pensiero si muta in un balzo del cuore: Dietrich Bethge! Il figlio di Eberhard e Renate, il bambino nato e battezzato mentre Bonhoeffer era a Tegel e che ricevette il suo stesso nome!

Non faccio in tempo a elaborare lo stupore ed ecco l'altro che è pure pianista. Mi sono perso le prime frasi ma ciò che conta in fondo è solo il nome e il nome è Bonhoeffer, Karl Bonhoeffer! Come il padre di Dietrich, lo psichiatra! Chi sarà mai? Certamente un parente del teologo, perché che Christoph e l'altro Dietrich si siano soltanto scelti un omonimo come compagno di esecuzione, per dare all'evento una nota per così dire spettacolare, esibizionistica, volgarmente melodrammatica, non rientra negli stili comportamentali delle loro famiglie. La famiglia Bonhoeffer era numerosa e i maschi – perché dato il cognome e l'età, costui non può che essere il figlio di uno dei fratelli di Dietrich – erano quattro. Tolto Dietrich stesso e Walter che morì durante la prima guerra mondiale, restano Klaus, fucilato come sappiamo nella tragica caduta di Berlino, e il primogenito Karl-Friedrich. Non so se Klaus avesse già avuto figli e non so assolutamente nulla di Karl-Friedrich. Però, certamente i conti non tornano, perché Karl-Friedrich era il più anziano dei fratelli e Klaus il secondo o il terzo, mentre Dietrich era tra i "piccoli". Un loro figlio, certamente nel caso di Klaus e con molta probabilità nel caso del primogenito, dovrebbe avere l'età di Christoph von Dohnanyi o almeno quella di Dietrich Bethge (salvo che Karl-Friedrich non lo abbia avuto proprio in tarda età). E invece il Klaus Bonhoeffer qui presente pare decisamente più giovane dei suoi due colleghi, di Dohnanyi, ma anche di Bethge. Di lui mi colpisce soprattutto lo sguardo molto espressivo, profondo e i due occhi scuri e vivaci. Mi ricordo subito dello sguardo e degli occhi di Maria, la giovane fidanzata di Dietrich, come li ho visti in più di una foto. Ma questa ovviamente è la mia fantasia, perché il pianista che ho di fronte è sì un Bonhoeffer, ma non può avere nulla a che fare con i Wedemeyer, purtroppo.

Karl Bonhoeffer suona comunque in duo con il figlio di Bethge, mentre Dohnanyi va a sedersi nella prima fila, dove erano seduti prima i suoi due amici. Eseguono una sonata di Chopin per violoncello e pianoforte. Esordisce il pianoforte con note ariose, luminose e poi interviene il violoncello con note più gravi, e sembra invitare gentilmente il suo compagno a un raccoglimento, a una maggiore profondità. Il piano ne pare positivamente stimolato e il suo fraseggio resta arioso, ma acquista spessore. Mi viene da pensare al fecondo scambio a cui erano avvezzi, tra loro, il padre del violoncellista e un altro Bonhoeffer: Dietrich lanciava con entusiasmo un tema di riflessione, Eberhard, senza perdere il contegno umile dell'allievo, gli offriva una pista, uno spunto di ricerca che consentivano di approfondire la questione e Dietrich, conservando la guida, si lasciava positivamente orientare dall'amico. Così sembrano fare adesso i due strumenti. Ma era solo l'introduzione, perché quando incomincia a svilupparsi veramente il primo movimento, la scena mi pare mutata: ora il canto del violoncello sembra animato da uno struggente impeto amoroso e il pianoforte gli risponde di slancio, con grande vigore e immensa tenerezza; ora i due strumenti non sono più amici, ma amanti. Ora non sono Dietrich ed Eberhard, ma sono Maria e Dietrich. Pianoforte e violoncello sembrano tendere l'uno all'altro senza riuscire a raggiungersi veramente, le loro note restano distanti, dolorosamente distanti e sul duetto appassionato incombe un presentimento di morte.

Mi sono perso in questa suggestione e non ho più seguito con la medesima concentrazione gli altri tre movimenti. Mi sono però riavuto al finale e mi è parso che il fraseggio dolente andasse a ricomporsi, su un piano diverso, più alto e più nobile.

La sonata ha avuto termine. Gli applausi sono scroscianti e infiniti.

Uscire dalla chiesa, ridiscendere quelle scale, percorrere il vialetto fino al centro esatto del chiostro e poi piegare a sinistra e camminare lentamente verso l'uscita, attraversare la strada e trovarmi di nuovo nel mondo di sempre è stato così doloroso! Mi è parso ingiusto dovermi separare da quei tre musicisti, dai figli di Hans e Christine e di Eberhard e Renate, e da quel misterioso Bonhoeffer. È come se avessi ritrovato, in modo del tutto inatteso e insperato e dopo tanti anni, delle persone carissime e subito fossi stato costretto a separarmi di nuovo da loro. La folla esce invece soddisfatta del concerto, scambia parole leggere e si affretta verso casa, verso gli alberghi o i ristoranti. Nessuno pare che si sia accorto del miracolo che è accaduto questa sera, nessuno, a parte le rituali richieste di bis, ha cercato di fermare quell'istante, nessuno ha invocato il demone di Nietzsche perché facesse irruzione nella chiesa di Ettal e sussurrasse all'orecchio di ognuno: «questo attimo, come tu lo hai vissuto, lo vivrai ancora e di nuovo e per sempre e altre mille e innumerevoli volte». Per potergli rispondere: «tu demone, sei divino e mai udii cosa più divina!». No, tutto si è dissolto nella banalità del portiere d'albergo che mi porgeva con un sorriso la chiave della mia stanza. Tutto è sfumato, ormai, ora che sono qui seduto, nel ristorante del *Ludwig der Bayer Hotel* a ordinare la mia cena.

Il tavolo accanto al mio è apparecchiato per molte persone e c'è il biglietto *"Reserviert"*. Spero che non arrivi una comitiva chiassosa, perché ho più che mai voglia di pace, di raccoglimento.

Mentre sorseggio il vino bianco del Baden e lo trovo fiacco e acerbo, ecco che arrivano i miei vicini, o almeno i primi della comitiva. Il mio sguardo deve essersi illuminato, come nel vedere degli amici che si attendevano, che tardavano, che finalmente arrivano: sono due dei musicisti e precisamente Dietrich, il figlio dei Bethge, e Christoph von Dohnanyi.

Con loro una coppia piuttosto anziana, lui soprattutto. I due artisti li fanno accomodare, prima la signora, che ha un abito di seta verde scuro, che fa risaltare occhi ancora vivaci e dello stesso colore del vestito, solo un po' più chiari. Poi lui, vestito di scuro, impeccabile, appena incerto sulle gambe.

Ma il violoncellista lo ha chiamato «papà»! Ma come può essere Eberhard costui! Che lei sia Renate è possibile, ma Eberhard è morto ormai da diversi anni! Mentre sto meditando l'unica ipotesi ragionevole, che tuttavia mi risulta sgradevole, ossia, ovviamente, che Renate si sia risposata in età ormai avanzata e, cosa ancor più sorprendente, che suo figlio chiami con quell'appellativo il patrigno, un breve scambio di battute affonda definitivamente il mio molesto buonsenso. Il signore anziano si rivolge al direttore d'orchestra e pianista, al vecchio allievo del collegio benedettino di Ettal, a Christoph von Dohnanyi: «Verranno, dunque, *Hans* e *Christine*?»

«Sì, *mio padre* sta abbastanza bene. Era solo una lieve indisposizione. E ci vuole ben altro per mandarlo al tappeto!»

«Benissimo, allora saremo tutti».

Il respiro mi si ferma e sono ancora in apnea quando sento Christoph, che volgendosi con rapida mossa prima all'altra parte della sala, verso la porta di ingresso, poi all'uomo seduto col quale stava parlando, esclama: «Eccoli già qui!» Seguo il suo sguardo e vedo incedere lentamente tre figure. In mezzo c'è un uomo molto vecchio, molto pallido, sofferente in tutta evidenza. Alla sua destra una signora pure anziana, ma ancora florida, che gli dà il braccio; è sicuramente la moglie del vecchio. Dall'altra parte, colui che veramente sostiene e conduce l'uomo al centro della scena, il portiere dell'albergo che poco prima mi ha porto la chiave. A questo punto dovrei davvero credere che questa è la serata dei miracoli e che quell'uomo decrepito, che però procede diritto e solenne, sia Hans von Dohnanyi, che fu invece impiccato a Sachsenhausen tanti anni fa? E che la signora sia la sorella di Dietrich Bonhoeffer? Mi abbandono a uno stordimento mai provato prima, mentre i due raggiungono il tavolo, si accomodano e incominciano a chiacchierare con l'altra coppia, come fossero persone reali. Ed io, invece, comincio a credere che Ettal, l'abbazia, questo vecchio albergo, siano popolati da fantasmi! Ma ecco che arriva anche il terzo musicista, l'altro pianista, il Bonhoeffer figlio di non so chi. E con lui altri due anziani. Lui, vestito come gli altri con sobria eleganza, ha un sorriso gioviale, porta occhialini rotondi simili a quelli che ha l'altro signore, quello che dovrebbe essere Hans von Dohnanyi, o il suo fantasma; si accomoda come se fosse di casa lì, fa una battuta che fa sorridere subito tutti, sfiora leggermente il braccio della moglie che lo guarda intensamente. Lei è ancora una splendida donna, i capelli tutti biondi, raccolti e fermati dietro la nuca come si usava una volta, il naso leggermente schiacciato sulla punta, una espressione un po' languida.

Ora sono tutti seduti. Gli ultimi due, appena arrivati, si sono accomodati a una estremità del tavolo, lui a capotavola, di fronte al fantasma di Hans von Dohnanyi che è all'altro capotavola, la bella signora bionda alla sua destra, l'altro signore anziano che ho creduto fosse il nuovo marito di Renate, perché non può trattarsi di Eberhard, alla sua sinistra. Il fantasma di Hans ha a sua volta alla sua destra la moglie e a sinistra il figlio, Christoph. Nei posti centrali ci sono gli altri: Renate Bethge, Karl Bonhoeffer il pianista, Dietrich Bethge il violoncellista e tre belle signore di mezza età che saranno le mogli dei musicisti. Parlano, motteggiano, ridono compostamente. Non afferro il senso dei discorsi che fanno, perché le parole si intrecciano ed essi tengono basso il volume delle loro voci.

Sto osservando la coppia che è arrivata per ultima; il signore a capotavola, quello col sorriso gioviale e gli occhialini, mentre parla pacatamente, guarda l'altro alla sua destra come se tra loro ci fosse un'antica confidenza, ma ogni tanto il suo sguardo va oltre e raggiunge il pianista, quel Karl Bonhoeffer che discute animatamente con i suoi vicini di tavola. E gli occhi del signore a capotavola si inteneriscono e sembrano avvolgere come in un abbraccio il pianista, che non si avvede di niente. Tutta la scena mi dà un senso di serenità che non so spiegarmi e placa anche la mia ansia di sciogliere quegli incredibili enigmi in cui mi sono imbattuto. Mentre mi abbandono ad un tranquillo torpore, il suono distinto di due parole mi strappa bruscamente alla mia breve quiete. Credo di aver dato un balzo e di aver sgranato gli occhi, quando ho visto quell'uomo a capotavola voltarsi verso sua moglie, la bella signora bionda coi capelli legati, e ho sentito che la chiamava «Maria». E lei rispondergli: «Sì, Dietrich».

Poi si è fatto improvvisamente buio e ho sentito di nuovo pronunciare quei nomi, «Maria», «Dietrich», ma non erano più loro a parlare, era la mia voce, ma come fosse fuori di me. Stavo ascoltando me stesso ripetere i nomi e non ero più a tavola, e non ero più seduto, bensì disteso. Mi sono voltato da un lato e poi da un altro, cercando di individuare la sagoma di qualche oggetto e di capire dove mi trovassi. Lievi bagliori venivano dalla parete alla mia destra. Non dalla parete, ma da una finestra. Di colpo ho capito tutto. Mi sono alzato di scatto, ho inciampato in un divanetto, mi sono finalmente avvicinato alla finestra, ho scostato le tendine. Fuori la strada, senza neanche un'auto che passava, e oltre la strada, le mura giallo ocra e al di sopra di esse la cupola della basilica. Ero nella stanza, all'hotel *Ludwig der Bayer*. Ma non era questo ciò che avevo capito. Ero nel mio letto fino a un attimo prima, dormivo. E ho sognato quella scena nel ristorante. Ma non ho sognato il concerto; al concerto ci sono stato davvero, ma non erano quelli che ho detto i musicisti, perché quelli stavano nel sogno. O forse no, o forse erano proprio loro? Dov'è che la realtà è sconfinata nel sogno? Sogno, poi? Che cos'è verità, dice Pilato a Gesù. Gesù non risponde. Gesù si lascia crocefiggere. Gesù muore sulla croce. Ma a Pasqua accade qualcosa. Domandare che cos'è verità equivale a domandare che cos'è Pasqua. E il sogno, che poi non è proprio un sogno, mi ha risposto. È questo ciò che veramente ho capito.

Crediamo che la freccia irreversibile del tempo renda ogni cosa passata: il futuro, ogni futuro, diventa presente e subito trapassa nel passato. Ogni cosa, ogni persona, ogni evento è figlio del tempo e, come si sa, *Chronos,* il tempo, divora i suoi figli. Il passato non torna e si allontana sempre più. Dietrich è stato impiccato a *Flössenburg,* tanti anni fa. Maria è morta di cancro e ha avuto dei figli, ma non da lui. Hans pure fu impiccato. Ed Eberhard è morto anche lui, sazio di anni è vero, ma comunque è morto. E nessuno di loro torna. I fantasmi non esistono, se non nei sogni.

Ma il mio non era un semplice sogno. Era ciò che ora ho capito. Era la verità di Pasqua. Al chiarore di Pasqua, Dio torna sul passato, la freccia del tempo si inverte, Cristo, che era realmente morto, realmente risorge. Il futuro, non il passato, è il signore del tempo, alla luce di Pasqua. Il futuro di Dio, che torna sul passato, lo redime, lo riscatta. E risana tutto ciò che era stato spezzato e lacerato, ci restituisce ciò che ci è stato strappato, le storie interrotte, la vita non vissuta, l'amore troncato, i figli mai nati.

Dietrich e Maria si sposarono. Dietrich e Maria si sposeranno; avranno un figlio; lo chiamarono, lo chiameranno, Karl, come il nonno. Farà il pianista. Le corde del pianoforte serviranno alla musica e a nient'altro.

Fonti

Le citazioni da opere e lettere di Dietrich Bonhoeffer sono tratte dall'edizione critica delle sue opere, pubblicata in Germania in diciassette volumi tra il 1986 e il 1999, dall'editore Kaiser di Monaco, e dalla edizione italiana, pubblicata da Queriniana, in dieci volumi, fra il 1997 e il 2009, sulla scorta dell'edizione tedesca.

Le lettere fra Bonhoeffer e Maria von Wedemayer sono state pubblicate, in traduzione italiana, da Queriniana, con il titolo, *Lettera alla fidanzata. Cella 92 (1943-1945).*

Per la vita del teologo è fondamentale la biografia dell'amico Eberhard Bethge, *Dietrich Bonhoeffer, teologo cristiano contemporaneo. Una biografia,* anche questa pubblicata in Italia da Queriniana.

Per il periodo di formazione a Grunewald, molto interessanti le pagine contenute in un recente saggio di Cornelius Bormann, *Jesus Christus und die mündige Welt.*

Per la storia della resistenza tedesca e per "operazione valchiria" fondamentali gli studi di Joachim Fest, in particolare *Plotting Hitler's Death: The Story of German Resistance,* edita a Londra da Holt Paperbacks, e la biografia di Hitler pubblicata in Italia da Garzanti.

I video che ritraggono Hitler, Eva Braun e altri personaggi sulle alpi bavaresi si trovano anche su YouTube, in vari documentari.

Il Terebinto Edizioni è una casa editrice indipendente con un vasto catalogo che comprende titoli di ogni genere. Dalla saggistica alla poesia, dalla narrativa all'aforismatico. La nostra politica editoriale è tutta volta all'innovazione e alla ricerca di nuovi talenti.

Per info e proposte editoriali contattaci all'indirizzo
terebinto.edizioni@gmail.com

www.ilterebintoedizioni.it   terebinto.edizioni@gmail.com